Marcus Hammerschmitt

ROM

Marcus Hammerschmitt

ROM

Fantastische Erzählung

Bibliografische Information der Deutschen Nationalbibliothek
Die Deutsche Nationalbibliothek verzeichnet diese Publikation in der Deutschen Nationalbibliografie; detaillierte bibliografische Daten sind im Internet über http://dnb.dnb.de abrufbar.

www.schiler-muecke.de

Erstausgabe
1. Auflage 2021
Lektorat: Michael Raffel
Druck: booksfactory.de
Gedruckt in Polen

ISBN 978-3-89930-445-9

Weil sie es schon lange vorgehabt hatten, eigentlich schon immer. Weil sie beide jetzt in diesem Alter waren, in dem man noch am ehesten macht, was man schon lange machen wollte. Und weil sie eines Abends in seinem Bett lagen, leicht und schön, wie es gut ist, wobei ihnen auffiel, dass sein Schlafabteil an eine Schiffskajüte erinnerte.

»Eine Schiffskajüte ... ein Schiff«, sagte er. »Nein. Das ist gar kein Schiff. Das ist ein Zug, natürlich. Pa-tamm-papa-tamm. Nachtzug.«

Sie musste lachen.

»Natürlich. Wollen wir das jetzt mal bald machen?«

»Das wollten wir ja schon immer bald mal machen. Aber wohin? Moskau? Helsinki?«

»Rom. Ich war noch nie in Rom, und in Rom muss man mal gewesen sein.«

»Ich war auch noch nie in Rom«, sagte er, und er stellte sich gleich das Forum Romanum, das Kolosseum und den Petersdom vor. Auf ihren Schultern lag ein schwacher, orangefarbener Schimmer. Die Lichterkette war ihre Idee gewesen.

»Lass uns mit dem Nachtzug nach Rom fahren. Das wird so gut. Keine blöde Fliegerei, und wir kommen entspannt an.«

»Aber wir gehen nicht zu den typischen Sehenswürdigkeiten. Wir sind besser als alle anderen Touristen.«

Unten auf der Straße grölten plötzlich betrunkene Männer. Sie hatten sich so warmgetrunken, dass ihnen die Kälte nichts ausmachte und dass sie jetzt einfach wie die Stiere singen *mussten.*

»Das ist doch klar«, stellte sie fest. »Wir sind immer besser als alle anderen Touristen. Wir sind Ausnahmetouristen.«

»Keine Sixtinische Kapelle«, forderte er.

»Nein«, stimmte sie zu.

»Keine Spanische Treppe.«

»Auf keinen Fall.«

»Keine Engelsburg.«

»Niemals.«

Er hatte schon ein wenig weitergedacht und nachgespürt. Das waren sehr schöne Reisen mit ihr in den letzten Jahren gewesen, bis nach New York. Und er wusste, dass er sie von Rom jetzt nur noch schwer abbringen würde. Was immer er für Bedenken vorbringen konnte, sie hatte natürlich recht: In Rom musste man mal gewesen sein. Dass sein Vater so von der Stadt geschwärmt hatte und dass dort der Papst wohnte, konnte ja kein Grund sein, nicht hinzufahren.

Die betrunkenen Männer waren weitergezogen, ihr Stiergesang hallte aber noch durch die Gassen.

»Wolf und Katja gehen nach Rom«, sagte sie.

»Das machen sie«, bestätigte er. »Im Nachtzug.«

Wolf Trebbing war ein Fotograf, der mit seinen Ausstellungen und seinen Fotobüchern manchmal Glück hatte und manchmal nicht, und daher war er manchmal froh mit seinem Beruf und manchmal nicht. In Rom, da würde es was zu fotografieren geben, und er würde neue Objektive benutzen können, die er sich gekauft hatte; er würde sie ausprobieren an alten Steinen. Es ging um Licht und Geschichte. Wunderbar. Je mehr er über die Idee nachdachte, desto besser gefiel sie ihm. Eine gewisse Nervosität konnte er nicht leugnen, das kannte er von sich gut, wenn es ans Reisen ging. Je älter er wurde, desto klarer wurde ihm, dass er ein nervöser Mensch war.

Katja Karwen war die Büroleiterin von drei Architekten, die sich »Das Kollektiv« nannten. Sie hätte eigentlich gern selber Häuser gebaut; das behielt sie aber für sich. Ihre Lust am Reisen kam gerade daher, dass sie sich Häuser und ihre Inneneinrichtung so rasend gern anschaute, und sie hatte einen sehr guten fotografischen Blick, von dem sie wusste, dass er ihren Mann manchmal neidisch machte. Sie ging gern mit Wolf auf Reisen, denn mit ihm konnte man so gut sehen. Wenn er seine Kamera hierhin und dorthin schwenkte, dann hatte sie nach einer Weile auch immer selber Lust auf Fotografie. Rom, sie war sich sicher, konnte niemanden langweilen, und Wolf würde ihr wieder historische und archäologische Geschichten erzählen und später die Hälfte davon korrigieren. Und der Nachtzug! Nachtzug, Nachtzug! Rom animierte sie schon im Vorhinein.

Eine Woche Rom, auch zur Einstimmung auf Katjas halbes Sabbatjahr. Der Urlaub sollte nicht so anstrengend werden, andererseits wollte Katja beim ersten Mal immer möglichst viel sehen, weil ein zweites Mal nicht garantiert war. Ein paar wenige Ziele, das war der Kompromiss. Die Basilica sotterranea di Porta Maggiore. Der Cimitero acattolico. Die Basilica Santo Stefano Rotondo, vor allem wegen der Rundheit. Der Park der Villa Borghese. Eine Wanderstrecke entlang der Via Appia Antica, und das Monumento Nazionale a Vittorio Emanuele II.

»Das ist aber doch schon eine ganz schön lange Liste«, meinte Wolf.

»Aber man kann auch ein bisschen Italienisch üben, wenn man sie aufsagt«, meinte Katja pragmatisch.

Wolf kaufte sich ein weiteres Objektiv für seine Kamera, das er für Rom unbedingt brauchte. Aber in der Nacht vor der Abfahrt war er sich unsicher, ob er auch an alles gedacht hatte und wie alles werden würde. Er schlief schlecht, wälzte sich hin und her, fragte sich, ob sie die richtigen Tickets gekauft, alle Akkus geladen, die besten Sehenswürdigkeiten in Rom ausgesucht, die angenehmste Übernachtungsmöglichkeit gefunden und überhaupt das geeignete Reiseziel gewählt hatten. Die Tatsache, dass sein jüngstes Fotobuch »Karisma« selbst bei seinen wenigen Fans für Verwirrung sorgte, half nicht. Es war nicht immer leicht, ein nervöser Mensch zu sein.

»Aber vielleicht ist ja Rom ein Glück für mich«, dachte er, und dieser einfache Gedanke hatte tatsächlich eine beruhigende Wirkung auf ihn, so dass er doch noch einschlafen konnte. Er träumte, dass er im Nachtzug so leicht wurde, dass sein Bruder ihn an seiner Liege festbinden musste. Das war aber nur kurz wirksam, weil sich Wolfs Leichtigkeit erst auf den Waggon und dann auf den ganzen Zug übertrug. Es klirrte, als sich die Achsen aus dem Gleis hoben, eine nach der anderen; es klirrte wie die Rüstung eines riesigen Ritters, der sich schon lange nicht mehr bewegt hatte. Erst stieg der Zug langsam in den Himmel auf, dann immer schneller. Gebremst wurde der Flug von einer Membran, die wie die Unterseite eines Blatts aussah, komplett mit feinen Härchen, Blattadern und durchscheinendem Chlorophyll.

Katja schüttelte den Kopf, als er ihr von diesem Traum erzählte.

Wolf nahm den Münchner Hauptbahnhof als Gegner durchaus ernst, er kannte ihn aus beruflichen Gründen. Aber an diesem Abend im März war seine gute Laune solide, ganz im Gegensatz zur Nacht davor. Nicht einmal der faszinierend abstoßende Wartesaal konnte sie beschädigen, und selbst die Polizei versagte darin, als sie plötzlich hereinkam, zielgerichtet einen ausländisch wirkenden Reisenden kontrollierte und ihn dann wegen fehlender Personaldokumente mitnahm.

Katjas Stirn fragte mit gerunzelter Stirn: »Hast du das gesehen?«

»Klar. Und ich hab hier schon ganz andere Dinge gesehen. Das ist die deutsche Polizei, und die ändert sich nie.«

Katjas Stirn entrunzelte sich für eine Weile nicht, und dann war es Zeit zum Einchecken für den Mitternachtszug nach Rom.

Sie installierten sich in dem fahrenden Schlafzimmer, das sie beide nach Italien bringen würde. Es war alles ein bisschen eng; die Inneneinrichtung machte sich auf ausgetüftelte Weise jeden Quadratzentimeter zunutze. In dem »Bad« konnte sich Wolf kaum drehen. »Wer schön sein will«, dachte er beim Zähneputzen, »muss leiden. Und alle anderen auch.«

Er unten, sie oben. Als sie beide in ihren Betten lagen – die Matratzen waren erstaunlich gut –, ließ Katja einen Arm nach unten hängen. Er nahm ihre Hand und drückte sie. Der Arm verschwand, Katja drehte sich hörbar um und fing bald an zu schnauben. Dieses heftige Atmen war ein untrügliches Zeichen, dass sie gut in den Schlaf gekommen war; sie würde demnächst wieder stiller werden.

Wolf hatte beschlossen, wach zu bleiben. Denn das Liegen im Schlafwagenbett erinnerte ihn an eine andere Reise, vor zwanzig Jahren, in einem anderen Leben, und er wollte wissen, ob er wieder auf einem fliegenden Teppich durch die Nacht gleiten würde, genau wie damals. Der Zug fuhr endlich an, und sofort hob Wolf ab. Da war es, das Schweben, das ihn still und glücklich machte. Die Vororte Münchens lagen kaum hinter ihnen, da fühlte er sich wie in einem Wachtraum; er fühlte sich, als hätte er jetzt schon etwas für den Preis der Fahrkarte bekommen, was völlig unbezahlbar war. Er spürte den Drang, Katja aufzuwecken, um ihr davon zu erzählen, aber das ließ er schön bleiben.

Als er aufwachte, stand der Zug, und Wolf schaute durch das Fenster in eine ungeheuer dichte Schwärze. Bei Katja oben war Licht an.

»Wir stehen seit anderthalb Stunden. Vorhin auch schonmal eine halbe Stunde. Zwischendrin waren wir mal sehr langsam. Weiß nicht, warum.«

»Streckensperrung oder was Technisches an der Lok«, sagte er fachmännisch und rieb sich die Augen. »Wir haben Zeit.«

»Schon«, antwortete sie. »Aber wenn das noch lange so geht, wird das nicht so gemütlich mit dem Ankommen. Wir können Antonio nicht ewig warten lassen.«

Antonio, ihr Zimmerwirt, hatte geschrieben: Check-in ab 15 Uhr. Wolf fand, dass sich Katja unnötige Sorgen machte. Er las in seinem E-Book auf dem Smartphone. Populärwissenschaft, die sich mit den Strategien von Sherlock Holmes beschäftigte. Nicht sehr gut, aber gekauft war gekauft, und gekauft wurde gelesen.

Eine halbe Stunde später setzte sich der Zug wieder in Bewegung, und Wolf dachte: Na also. Wieder vorbeirauschende Haltepunkte und Lichter in der Ferne. Ob sie schon auf den Brenner zufuhren? Seltsamer Name, Brenner. Der Zug hatte ihn fast wieder in den Schlaf geschaukelt, da tat es einen Ruck, die Bremsen kreischten, Katja rief »He!« und Wolf dachte: »Eisenbahncrash«. Aber nichts kippte, es gab keinen Aufprall, der Zug hatte einfach nur so schnell angehalten, wie es ging. Dann kurz Ruhe, dann Bewegung auf dem Gang vor den Abteilen. Erst jetzt merkte Wolf, wie sein Herz pumpte. Es knackte in den diskreten Lautsprechern unter der Abteildecke, aber die Durchsage kam nicht.

Katja kletterte von oben herunter. Ihre Haare waren durcheinander, und sie sagte: »Das ist jetzt im Moment nicht so ganz toll.« Aus dem Fenster konnte man Straßenzüge sehen, das Gekreisch der Bremsung hatte sicher ein paar schlafende Österreicher aufgeweckt. Im Schritttempo zuckelten sie in einen kleinen Bahnhof ein. »Rothamel« las Wolf auf den Schildern. Er war sich sicher, dass er von diesem Ort noch nie im Leben gehört hatte.

Eine Stunde später – sie standen immer noch – war Katja angezogen und geschminkt, weil Schlaf jetzt keine Option mehr sein würde. Es dämmerte, auf den Straßen zogen die ersten Berufspendler los. Die Witze, dass sie den Urlaub wohl im Zug verbringen würden, hatten sich schnell verbraucht. Wolf und Katja lasen, auf seinem Bett hockend. Er dachte ernsthaft daran, die langweilige Sekundärliteratur zu Sherlock Holmes aufzugeben und ein neues Buch anzufangen. Die Lautsprecher knackten, und diesmal kam die Ansage.

»Sehr verehrte Fahrgäste, guten Morgen«, sagte eine müde Stimme mit österreichischem Akzent. »Hier spricht Ihr Zugführer. Ich möchte Ihnen eine Mitteilung machen, die uns alle betrifft.« Es entstand eine Pause, in der man wieder nur die Lautsprecher knistern und knacken hörte. »Durch extrem außergewöhnliche Umstände ist eine Lage eingetreten, wie ich sie in meinem ganzen Leben als Eisenbahner noch nicht erlebt habe. Wie mir die Fahrdienstleitung soeben noch einmal mitgeteilt hat, ist es zu einem Zugstau gekommen, der mindestens von hier bis auf Höhe Verona reicht. Unvermeidbarer Zulauf weiterer fehlgelenkter Züge verlängert den Stau zusehends. Die Lage ist unübersichtlich dynamisch.«

Im Hintergrund klingelte ein Handy – oder war es ein Alarm? Wolf sah Katja an und kniff seine Augen dabei leicht zu, als würde ihm das beim Hören und Verstehen helfen. Katjas Augen hingegen waren vor Verblüffung weit.

»Ich wiederhole: Vor uns sind Züge mindestens bis nach Verona, hinter uns laufen weiter Züge zu. Es besteht keine unmittelbare Gefahr für Leib und Leben. Ich wiederhole: keine unmittelbare Gefahr. Über eine eventuelle Weiterfahrt herrscht Unklarheit. Für unsere Fahrgäste in den Schlafwagenabteilen gibt es jetzt erst einmal vorgezogenes Frühstück.« Noch mehr Handygeklingel im Hintergrund, dann nichts mehr.

Wolf war eine Weile sprachlos, Katja auch. Hektisches Hin- und Hergerenne auf dem Gang, weiter hinten Geschrei, das aber bald wieder aufhörte.

»Zugstau?«, fragte Katja.

»Hat er gesagt«, bestätigte Wolf. »Zugstau.«

Sie hatten sich noch nicht ganz von ihrem Schock erholt,

als das Frühstück kam. Es wurde nicht von derselben Schaffnerin gebracht, die ihnen am Abend vorher das Abteil zugewiesen hatte, sondern von einem hellen Mädchen.

»Ich weiß wirklich gar nichts. Über die Weiterfahrt. Nichts«, sagte die junge Frau, bevor sie die Tabletts anreichte. Ihr blonder Pferdeschwanz schaukelte hinter ihrem Kopf hin und her, während sie die hygienisch verpackten Speisen und die heißen und kalten Getränke verteilte. »Guten Appetit!«

»Wie ein blondes Fohlen«, kommentierte Katja, als sie weg war. Wieder einmal bewunderte Wolf den Mut seiner Frau, das auszusprechen, was er bloß dachte.

Sie frühstückten zunächst schweigend.

»Der Kaffee ist gut«, sagte Katja.

»Wie kann so was überhaupt passieren? Ein Zugstau? Vielleicht ist alles ganz anders?«

Katja setzte ihre Tasse ab.

»Woran denkst du?«

»Irgendein Unglück, Atomunfall oder so, und man sagt uns nichts, damit keiner in Panik gerät.«

»Österreich hat keine Atomkraftwerke«, meinte Katja trocken.

»Oder im Zug ist jemand, den die Polizei sucht. Wichtiger Krimineller, Terrorist. Sie setzen den ganzen Zug fest, umzingeln und durchsuchen ihn. Wer flüchten will, wird geschnappt. Wer sich verstecken will, wird geschnappt.«

Katja leerte ihre Tasse.

»Nein«, sagte sie dann. »Keine Terroristen. Zugstau. Das Blödeste ist immer wahr.«

Wolf seufzte. »Wir wollten ja was Besonderes erleben.«

»Es ist ja auch besonders. Ich geh jetzt mal forschen. Allein.«

Und weg war sie. Wolf setzte sich wieder auf sein Bett, las ein bisschen, legte sein Smartphone weg und las wieder ein bisschen. Dann klopfte es ans Fenster. Er schaute hoch, zum Fenster hinaus, aber da war nichts. Dann schob sich eine Art Stock vom unteren Rand des Fensters herauf und klopfte wieder dagegen, zwei Mal, ziemlich fest. Wolf stand auf, trat vor, schaute nach unten. Direkt in das Gesicht eines sehr alten Mannes mit schrumpeligem Gesicht, der lachte und sich mit einer Hand an dem Waggon außen abstützte. In der anderen Hand hielt er den Stock, mit dem er in der Luft herumfuchtelte. Er redete vor sich hin und lachte, lachte. Wolf verstand kein Wort und wusste nicht, was er tun wollte. Ein heftiger Schlag gegen das Fenster ließ ihn zurückzucken, und das gedämpfte Gelächter und Gerede von draußen verwandelte sich in gedämpftes, zorniges Geschrei. Vorsichtig näherte sich Wolf dem Fenster wieder und konnte den Alten unten jetzt toben sehen. Der Mann schrie, fuchtelte, spuckte sogar nach oben. Aber genauso plötzlich, wie die Schimpferei angefangen hatte, hörte sie auch wieder auf. Der Alte drehte sich um, stieg vom Bahndamm hinunter und zog übers freie Feld ab.

Wolf schüttelte resigniert den Kopf. »Rothamel hat also auch einen Dorfdeppen«, dachte er.

Er war noch ein wenig erschüttert von der Begegnung, als Katja zurückkam. Sie wirkte beschwingt.

»Ich habe den Zugführer abgefangen.«

»Oh.«

»Völlig am Boden zerstört, sieht man gleich. Also habe ich das gemacht, was ich mit den Problemkunden mache, die im Büro aufschlagen. Verständnis, Einsicht, Trost. Als Eisenbahnertochter fiel mir das leicht.«

»Seit wann war dein Vater Eisenbahner?«

»Du denkst so typisch männlich. Meine Mutter war ein halbes Jahr lang Aushilfsschaffnerin. Egal. V.E.T. hat die Schleusen geöffnet. Es ist alles wahr. Die Züge stauen sich mittlerweile bis Rom. Komplettes Desaster. Der Typ hat fast angefangen zu heulen.«

Sie strahlte. Manchmal hatte Wolf ein bisschen Angst vor ihr, weil sie sich so sehr freute, wenn ihr ein Streich gelang.

»Und dann hab ich mir die Chose selber angesehen. Bin bis ganz vor zur Lok gegangen. Und tatsächlich: keine fünfzig Meter weiter ein anderer Zug. Aus Schweden.«

»Ein schwedischer Zug? Was macht der hier?«

»Weiß ich nicht.« Sie stand auf. »Lass uns gehen.«

Die Bahnhofsstraße war still. Möglicherweise hofften die anderen Fahrgäste noch auf eine baldige Weiterfahrt. Ihre Rollkoffer machten auf dem Asphalt des Gehsteigs ein Geräusch, das Wolf an den Sound von Düsenflugzeugen erinnerte, die in großer Höhe dahinzogen. Der Weg zu den Bushaltestellen führte an einer dichten, hohen Hecke vorbei, und sie hatten das unmittelbare Bahnhofsareal kaum hinter sich gelassen, da sprangen zwei Eichhörnchen aus dem Gebüsch, rannten über die Straße und verloren sich in einem verwilderten Garten auf der gegenüberliegenden Seite.

»Rote Blitze«, sagte Katja bewundernd. Sie mochte Eichhörnchen sehr.

Der sogenannte Busbahnhof lag verlassen. Zwei Haltestellen, die von insgesamt fünf Linien bedient wurden. Aufgeweichte, nur schwer leserliche Fahrpläne hinter vergilbten und gewellten Plastikfolien, an deren Innenseite in faszinierenden, hell schimmernden Tropfentrauben Wasser kondensierte. Ganz gutes Fotomotiv. Wolf dachte an die beiden Makro-Objektive in seinem Rollkoffer. Sie hatten Glück: Bald würde hier ein Bus in die nächstgrößere Stadt abfahren, und von dort würde es weitergehen, zurück nach Deutschland, zurück nach Hause. Die Sitze der Haltestelle waren mit Hingabe so gestaltet worden, dass man sich nicht nur nicht quer über sie hinlegen konnte, sondern dass sie auch zum Sitzen recht ungeeignet waren. Kein Stadtstreicher würde hier je eine kalte Nacht verbringen. Niemand sollte hier zu lange sein. Für zwanzig Minuten würde es gehen.

Als er saß, bemerkte Wolf, wie müde er war. Wie oberflächlich er in der Nacht geschlafen hatte. Er fragte sich, ob sie das Geld für die Fahrkarten zurückbekommen würden oder ob es auf höhere Gewalt hinauslief. Welche höhere Gewalt war für Zugstaus zuständig? Was die beiden Eichhörnchen wohl machten, die in den zerrupften Garten gesprungen waren? Rothamel. Rotkamel. Rothändle. Hatte sein Vater geraucht. Auch Katja fand nicht alle seine Fotos gut, nicht einmal die Mehrheit von ihnen. Sie zeigte deutlich, was ihr gefiel und was nicht. Er dachte an ihre drei Chefs; einer von ihnen hatte mal Fotos bei Wolf bestellt, von einem gerade fertiggebauten Projekt. Er war angeblich sehr zufrieden gewesen, die Fotos hingen bis heute in Katjas Büro, Wolf war nie wieder beauftragt worden.

»Ja haben Sie es denn nicht gehört?«

Wolf öffnete die Augen, und im ersten Moment glaubte er, wieder in das Gesicht des verrückten Alten zu sehen, der vorhin an die Scheibe des Abteils geklopft hatte. Aber dieser

Senior hier war gut genährt, gut gekleidet, und er bemühte sich um Hochdeutsch, wenn er mit Piefkes sprach. Außerdem führte er eine Dogge an der Leine, auf der Katja wahrscheinlich hätte reiten können. Der Hund schaute ihn aus Augen an, in denen viel Wissen über das Gewicht der Welt lag.

»Hier fährt heute nichts. Und sonstwo auch nicht. Der Zugstau.« Er zeigte vage in Richtung der Gleise. »Zweiteilung des Landes. Zweiteilung!«

Er kramte in seiner Manteltasche und zog sein Smartphone hervor, ein teures und großes Modell, tippte darauf herum und hielt es dann Wolf vor die Nase. Der Aufmacher der auflagenstärksten Zeitung des Landes. Ein Bild von stehenden Zügen. Darunter in der größtmöglichen Type: »Riesenchaos! Zugstau von München bis Rom!« Wolf dachte an das Handygebimmel während der Ansage des Zugchefs. Vielleicht war die Redaktion der auflagenstärksten Zeitung des Landes schneller verständigt worden als die Reisenden. Tu felix Austria.

»Komm, Püppi«, sagte der Mann zu seiner Dogge, »wir gehen. Habe die Ehre.«

Wolf und Katja schauten sich an.

»Ich würde meinen Hund niemals Püppi nennen. Und wenn er mich schriftlich dazu auffordern würde.«

Beide prusteten los. Der Püppi-Besitzer war zum Glück schon außer Hörweite.

Aber im Grunde war es ein leeres, fast hysterisches Gelächter. Ihr Urlaub war zerstört, und jetzt wussten sie nicht einmal, wie sie nach Hause zurückkommen sollten.

Katja stand auf und streckte sich. »Also«, sagte sie, nahm den Griff ihres Rollkoffers in die Hand und ging los. Wolf wusste nicht, was sie vorhatte, aber er folgte ihr.

Am Bahnhof war jetzt viel mehr los als zuvor. Trauben von Menschen standen herum und diskutierten, auch lauthals. Manche hielten sich abseits und rauchten, andere taten gar nichts. Wolf nahm an, dass sich Katja einer der diskutierenden Gruppen anschließen wollte, aber sie manövrierte an den aufgeregten Leuten vorbei, direkt zur Unterführung. »Katja«, wollte Wolf ihr nachrufen, aber warum? Er war noch immer so müde und folgte einfach. Sie gingen an kopfschüttelnden, entrüsteten, still verzweifelten Fahrgästen vorbei, die ihnen auf der Treppe nach unten, im Tunnel und wieder auf der Treppe nach oben entgegenkamen. Oben auf dem Bahnsteig ging Katja einfach weiter. Erst, als sie die Tür an Wagen 22 öffnete, der sie von München hierhergebracht hatte, konnte Wolf nach ihr rufen.

»Katja?«

Sie antwortete nicht und stieg ein. Er fand sie in dem Schlafwagenabteil, das sie, streng betrachtet, immer noch bewohnen durften. Sie saß auf einem der Stühle, die man zum Frühstücken benutzen konnte, wenn die Betten weggeklappt waren. Die Reste ihres Frühstücks hatte man nicht weggeräumt.

»Schau, Katja«, sagte er verständig. »Wir müssen uns jetzt überlegen, was wir machen.«

Sie sah ihn spöttisch an.

»Red nicht mit mir, als hätte ich eine Gehirnerschütterung. Ich bin hierher zurückgekommen, um besser nachzudenken.«

»Gut«, atmete er auf. »Gut.«

Da war weiterhin dieser Spott in ihren schönen braunen Augen.

»Oh-oh«, dachte Wolf.

»Ich hab auch schon eine Idee. Wir gehen nach Rom.«

Wolf rieb sich die Stirn.

»Das ist irgendwie durch, oder? Was wir jetzt brauchen, ist ein Flughafen. Vielleicht noch ein paar Fotos, die diesen ganzen Kram hier dokumentieren, auch wegen unserer Rückforderung. Aber vor allem brauchen wir einen Flughafen. Und ein Flugticket.«

»Nein, Wolf.« Sie lächelte diabolisch. »Wir gehen nach Rom. Durch die Züge.«

Zuerst dachte Wolf, er habe sich verhört oder kognitiv nicht richtig verstanden, was sie meinte. Aber das stimmte ja gar nicht. Er hatte sie ganz genau verstanden, sowohl akustisch als auch semantisch. Die Sache war völlig klar. Er wollte protestieren, ihre Idee kritisieren, er wollte ihr klipp und klar darlegen, dass sie das nicht machen konnten, und dann ging ihm blitzartig auf, dass er die Idee zwar hirnverbrannt, aber trotzdem gut, um nicht zu sagen ganz wunderbar fand. Sein Widerstand fiel schwach aus.

»Aber wie lange würde das dauern? Das dauert doch ewig! Was ist mit deiner Arbeit? Und mit meinem Mode-Shooting demnächst?«

»Wolf ...«

»Der Brennertunnel ist 60 Kilometer lang! Sechzig!«

»Wenn wir am Tag zwanzig Kilometer machen, sind wir bald in Innsbruck, und den Tunnel haben wir in einer halben Woche hinter uns.«

»Zwanzig Kilometer? Am Tag?«

»Hast du vergessen, dass unsere Romfahrt nur der Auftakt zu meinem Sabbathalbjahr sein sollte? Wenn du das vergessen hättest, fänd ich das gar nicht schön. Das Mode-Shooting willst du eigentlich gar nicht machen. Hast du selbst gesagt. Und wenn du denkst, dass du in deinem Leben nochmal eine bessere Fotogelegenheit bekommst als das hier, dann weiß ich aber auch nicht.«

Genau, wie er befürchtet hatte. Alles durchdacht, auf alles eine Antwort. So war sie schon immer gewesen, und dagegen anzukommen war schwer.

»Was wollen wir essen, unterwegs?«

Das war ja schon gar kein Widerspruch mehr, sondern nur noch eine Bitte um die Klärung der Rahmenbedingungen.

»Plündern«, sagte sie mit einem gefährlichen Glitzern in den Augen.

»Das meinst du nicht ernst«, entgegnete er, wider besseres Wissen.

Katja stand auf, nahm ihren Koffer und ging. Er hörte ihre Schritte auf dem Gang. Dann kam sie zurück. Steckte ihren Kopf durch die Schlafabteiltür.

»Was ist jetzt?«, fragte sie ungeduldig.

»Wart mal kurz«, sagte er. Dann machte er seine Kamera klar. Er musste vorsichtig sein, wenn er sie in den engen Zuggängen nicht anschlagen wollte. Er hatte nur einen Ersatzbody dabei.

Katja führte. Es wurde sofort klar, dass ihr üblicher Vorsprung in Sachen Wendigkeit und Geschicklichkeit auch auf dieser seltsamen Wanderung zum Tragen kam. Schon bald bemerkte er, dass sie mit dem begrenzten Raum um sich herum keine Probleme hatte, dass sie einen Rhythmus entwickelte, ein Bewegungsbewusstsein unter beengten Verhältnissen, das ihr ein fast konfliktfreies Vorankommen ermöglichte. Wagentür öffnen, immer schön mittig im Gang bleiben mit dem Rollkoffer, nächste Wagentür öffnen. Sie bewegte sich durch den stillen mechanischen Dschungel des leeren Zuges wie eine routinierte Abenteurerin. Immerhin half auch ihm die Tatsache, dass der Zug stand und ihn nicht hin und her schüttelte.

Das erste gute Fotomotiv fand sich schnell: ein zurückgelassener, fabrikneu wirkender, gelber Hartschalenkoffer, der in dem speziellen Morgenlicht, das durch ein nicht völlig sauberes Fenster drang, auf dem Gepäckrost lag und die Rückkehr seines Besitzers zu erwarten schien. Am Griff hing ein grellroter Zettel, wie ihn Fluglinien benutzten, um auf besonders schweres Gepäck hinzuweisen. Er fragte sich, was der Koffer wohl enthielt. Ob man ihn vielleicht problemlos öffnen konnte.

»Kommst du?«, fragte Katja. Er sah sie an, und sie lächelte.

Vorne, am ersten Wagen hinter der Lok, stiegen sie aus. Katja atmete durch und blies sich die Haare aus der Stirn. Bei aller Gewandtheit und Entschlossenheit konnte sie nicht völlig gelassen sein. Sie tat nur meistens trotzdem, was sie sich in den Kopf gesetzt hatte.

»Auch eine Reise durch tausend Züge beginnt mit dem ersten Zug.«

Sie lachten. Aber Wolf war klar, dass sie auf ein Problem zusteuerten. Hier an der Lok war schon nicht mehr sehr viel Bahnsteig übrig, und Rollkoffer ohne Bahnsteig oder andere ebene Flächen, die waren ein Problem. Sie würden sich etwas einfallen lassen müssen.

Der schwedische Zug war nicht ganz verlassen. Hier und da saßen Passagiere in den Abteilen und lasen oder bearbeiteten ihre Handys. Offenbar hatten einige den Schuss noch nicht gehört oder hofften auf ein Wunder. Vielleicht hatten sie auch keine bessere Idee, als einfach da zu bleiben, wo sie nun schon einmal waren. Eine Frau mittleren Alters, Brillenträgerin, schlank, brünett, winkte Wolf zu, als er mit der Kamera in der Hand nach einem Motiv suchte. Hier in diesem Zug gefielen ihm die grünbraunen Stoffmuster gut; man brauchte nicht viel Fantasie, um sich einen in Sitzform gepressten Wald vorzustellen.

»Hej«, sagte die Frau, als er noch ein paar Schritte näher gekommen war. Danach verstand er kein Wort mehr.

»I don't speak Swedish, sorry«, sagte er, aber das schien die Frau nicht besonders zu beeindrucken. Auf ihren freundlich-skandinavischem Singsang konnte er nur mit einem Nicken antworten. Als er die Tür zum nächsten Waggon aufstieß, redete sie immer noch, vielleicht mit ihm, vielleicht mit jemandem, den sie sich nur einbildete.

Katja kaute im Speisewagen an einem Haferkeks, der offensichtlich aus einem Glas auf der Theke der Speisewagenküche stammte. Die Küche war verlassen, Licht brannte aber noch.

»Neue Freundin?«, fragte Katja.

»Lecker Essen?«, fragte er zurück und nahm sich selbst einen Keks aus dem unbewachten Glas. Mit einem dumpfen Knall prallte ein Vogel auf das gegenüberliegende Fenster, und Wolf hätte den Keks beinahe fallengelassen. Auch Katja war erschrocken. Als sie sich beide wieder beruhigt hatten, kramte er nach seinem Geldbeutel und legte einen Euro neben das Keksglas.

Im nächsten Waggon trafen sie auf den Schaffner. Ein majestätischer Mann in blauer Uniform mit verschiedenen Goldapplikationen. Wie schwedische Polizisten trug er ein Schiffchen auf dem Kopf. Er hatte unter dem linken Auge ein Feuermal. Wolf befürchtete Strafe, wegen der Kekse.

»Tickets, please?«, fragte der Schaffner und bot sein elektronisches Lesegerät an.

»We don't have tickets for this train«, sagte Katja. »We come from another one, back there.«

Der Schaffner schaute sie beide verwirrt an. »Back there ...? Is this ... If you don't have tickets for this train, you can't use it. I must ask you to leave.« Er atmete tief durch, fast ein wenig wehmütig wegen all der Unvernunft in der Welt. »Immediately.«

»Of course«, meinte Katja fröhlich. »Right away!«

Aber als sie sich an ihm vorbeigeruckelt hatte und die nächstgelegene Tür zum Bahndamm öffnen wollte, da ging das nicht. Sie drückte den richtigen Knopf, aber die Tür blieb zu. Der Schaffner murmelte ärgerlich vor sich hin und machte sich mit einem speziellen Schlüssel an einer kleinen Serviceklappe neben der Tür zu schaffen. Es dauerte eine Weile, Handgriff folgte auf Handgriff, ärgerliches Gemurmel auf ärgerliches Gemurmel. Als die Tür endlich entriegelt war, musste er sie buchstäblich auftreten.

»Sorry«, sagte er. Das Feuermal konnte man kaum noch sehen, so rot war sein Gesicht.

Katja stieg zuerst aus, und als auch Wolf unten war, rief sie zu dem Schaffner hoch: »Tack för besväret!«

Der Schaffner schüttelte den Kopf und schloss die Tür.

Eine »Besväret« war auch der Weg über den Bahndamm zum nächsten Zug. Wolf sah, wie nützlich es war, dass er und Katja sich in den letzten Jahren immer mehr auf eine Existenz als Funktionsjackenrentner eingenordet hatten, denn es war noch kühl in diesem vorerst österreichischen März, und ihre guten Schuhe kamen auch mit den Schottersteinen zurecht. Aber das mit den Koffern machte keinen Spaß. Klar hatten sie nicht die ganz billigen genommen. Klar war seine Fotoausrüstung im Koffer noch mal extra gesichert. Aber das Gerumpel nervte schnell. Das freie, unbefahrene Nachbargleis brachte ihn auf eine Idee.

»Wenn wir eine Draisine hätten, könnten wir mit ihr nach Hause fahren.«

»Wenn die Katze ein Pferd wäre, könnte man die Bäume hinaufreiten.«

»Du bist sehr frech. Aber ich lasse dir das durchgehen, weil deine Mutter einmal Hilfssheriff war.«

Katja lachte. Das war sein Ziel gewesen.

»Wann war das überhaupt? Das mit deiner Mutter?«

»Irgendwann in den späten Fünfzigern. Gibt sogar ein Bild von ihr in Uniform. Sah fesch aus. Nur ein bisschen Nazi. Aber fesch.«

»Fesch kann ich mir bei deiner Mutter vorstellen«, meinte Wolf. »Nazi aber auch.«

»Große Worte, gelassen ausgesprochen«, gab Katja zurück.

Die kyrillischen Schriftzeichen an der Tür zum letzten Wagen des nächsten Zuges waren von roter Farbe. »Mitterchen Russland!«, rief Wolf gutgelaunt.

»Mitterchen Bulgarien«, sagte Katja trocken und zeigte auf die weiß-grün-rote Trikolore neben den kyrillischen Schriftzeichen.

»Also auf jeden Fall der Ruf des Ostens!«

Wolf kletterte hoch zur Tür, öffnete sie und betrat den Waggon als erster. Die bulgarische Staatsbahn hatte sich dieses rollende Material einiges kosten lassen, das stand fest. Alles war so neu und sauber, dass es noch den typischen Geruch von frisch ausgepackter Ware verströmte. Nichts abgenutzt, keine Streifen an den Wänden von hektisch herumgezerrtem Gepäck, kein Toilettengeruch in der Nähe der Toiletten. Die Bildschirme an den Ausgängen zeigten alle denselben kurzen Text in kyrillischer Schrift. Nur einer flackerte, durchzuckt von gelben Blitzen. Wolf blieb stehen.

»Hier stimmt was nicht«, flüsterte er.

»Richtig. Warum flüstern wir?«

»So leer hier. Als wär hier überhaupt noch keiner gewesen.«

»Könnte eine Überführungsfahrt sein.«

»Die bulgarische Bahn überführt ihre neuen Züge nach Österreich oder Italien?«

»Keine Ahnung.«

Vorsichtig tasteten sie sich in dem makellosen Zug vor. Als er den Mann in einem der offenen Abteile sitzen sah, stellte sich für eine Sekunde Erleichterung ein. Doch nicht ganz allein hier! Dann bemerkte Wolf das seltsame Hemd: Die eine Hälfte war rot, die andere weiß. »Komisch«, dachte er, und in seiner Kehle war plötzlich ein Knoten. Die Pistole auf dem Boden vor dem linken, abgenutzt wirkenden Schuh des Mannes sah fast wie ein Spielzeug aus. Das Loch in seiner linken Schläfe, direkt unter den dunklen Haaren, war nicht besonders groß. Zur Seite gesunkener Kopf, offene Augen. Der Koffer. Da war noch ein geöffneter Koffer, auf dem Platz neben dem Mann, anscheinend leer.

Wolf funktionierte jetzt wie ein Automat. Dass sich Katja an ihm vorbeigedrängt hatte und vor Schreck erstarrt war, bekam er zwar mit, aber sie war seltsam fern, seltsam vernebelt. Er hob seine Kamera und fotografierte. Wie ein Roboter: stehend, kniend, Portrait, Hemd, Makro Wunde, Detail Pistole, Detail Koffer. Jemand rief seinen Namen und schüttelte ihn an der Schulter. Seine Kehle fühlte sich an, als bereitete sich ein Asthma-Anfall vor.

»Wolf! Wir müssen hier weg!«

Abrupt drehte er sich um und ließ sich wegziehen.

Draußen sahen sie sich panisch um und liefen hinunter zu dem Feldweg, der den Bahndamm begleitete, um schneller voranzukommen. Nur weg von dem halbroten Hemd und dem kleinen Loch in der Schläfe. Aber war es nicht verdächtig, mit Rollkoffern über einen Feldweg zu hetzen? Nach den ersten Schritten zwangen sie sich zu gleichmäßigzügigem Gehen. Jetzt, um die Mittagszeit, waren Wolken aufgezogen, und sie fröstelten und schwitzen gleichzeitig.

Als er in der Ferne einen Hubschrauber knattern hörte, dachte Wolf, dass es das jetzt wohl gewesen sei, er sah sich schon im Gefängnis. Der Hubschrauber drehte ab. Bald danach setzten sie sich auf eine Bank am Wegesrand, zogen die Koffer zwischen die Beine, rieben sich die Stirnen. Wolf fühlte sich leer.

»Wir haben nichts gemacht«, sagte Katja. »Es war nicht unsere Schuld.«

»Ich hab ihn fotografiert. Warum hab ich ihn fotografiert?«

Katja atmete durch. »Weil du deine Kamera in der Hand hattest. Und weil du ein Fotograf bist. Die machen das so.«

Wolf schüttelte den Kopf, sagte aber nichts.

»Die Fotos müssen verschwinden. Nicht löschen, verstecken.«

Wolf kannte diesen Ton bei seiner Frau. Sie nahm jetzt einen Standpunkt zu der Sache ein.

»Du glaubst doch nicht etwa, dass ich die Fotos je veröffentliche. Wer bin ich, die BILD?«

»Natürlich nicht. Aber ein paar von denen können trotzdem wichtig sein, wenn sie was taugen. An deiner Stelle würde ich sie auf dein Laptop kopieren und verschlüsseln. Dann löschst du sie von der Kamera.«

Wolf wollte es nicht tun, aber er sah die Logik in Katjas Ansatz. Zögerlich öffnete er seinen Koffer, nahm sein Laptop heraus, steckte die Karte aus seiner Kamera hinein. Die Icons waren gerade groß genug, um zu erkennen, welche Fotos er übertragen musste, und er verschlüsselte den ganzen Ordner, in dem er sie abgelegt hatte. Schwieriger wurde es, als er die ausgewählten Bilder von der Karte löschen musste, nachdem er sie wieder umgesteckt hatte. Zum Glück fand sein Daumen die richtigen Knöpfe wie von allein. Trotzdem fiel ihm auf der kleinen, tödlichen Spielzeugpistole ein Schriftzug auf, und er musste genauer hinsehen, er musste. »Semmerling« stand da. Ein Hersteller, von dem er noch nie gehört hatte. Klang fast wie ein Stadtteil von Wien. Wolf drückte auf den Löschknopf. Er schwitzte so stark, er konnte spüren, wie einzelne Schweißtropfen an seinen Seiten runterliefen.

Sie saßen eine ganze Zeit lang auf der Bank. Wind kam auf. Kaum hatten sie sich wieder auf den Weg gemacht, fing es an zu regnen. Sie gingen neben den blockierten Zügen her. Ihre Funktionsjackenrentner-Jacken hielten auch Wasser gut ab, aber der Regen wurde stärker. Eine Gruppe von anderen Gestrandeten, weniger sinnvoll gekleidet als sie, kam ihnen entgegen. Stumm, fast feindselig lief man aneinander vorbei.

Als sie außer Hörweite waren, sagte Wolf: »Wir können so nicht weitermachen.«

»Wir müssen uns ausruhen«, antwortete Katja.

Vielleicht zweihundert Meter hielten sie noch durch, dann nahmen sie wieder einen Zug.

Das Angebot der British Rail konnte als das genaue Gegenteil der bulgarischen Leere gelten, die sie vorher erlebt hatten. Abgenutzt und alt waren die Wagen sowieso, aber zusätzlich fanden sich auf dem Boden auch noch Glasscherben, leere Bierdosen und Pfützen aus verschiedenen Flüssigkeiten, einmal auch ein echter Kotzfleck, über den sie mit zärtlicher Vorsicht hinwegstiegen, mit angehobenen Koffern. Wolf spürte angesichts des Durcheinanders eine perverse Erleichterung: In der sauberen Hölle vorhin hatten sie einen Toten gefunden, der Schmutz hier würde das ausschließen. Magisches Denken, sicher, aber Wolf nahm, was er kriegen konnte. In den Schlafwagenabteilen wurde es besser, hygienisch gesehen. Kein Glas und keine Kotze mehr auf dem Boden, auch wenn die Gänge aussahen, als hätte man hier betäubte Baby-Elefanten am Rüssel durchgeschleift.

»Wir müssen uns ausruhen«, sagte Katja, und sie nahmen sich einfach die nächstbeste Schlafkabine, deren Tür offen stand. Es reichte nicht einmal für das Herunterklappen des oberen Betts. Sie sanken zusammen auf die Liege und schliefen in ihren Kleidern ein, wie irgendwelche Tiere zu einem Haufen verknotet.

Wolf träumte davon, ein schlauer Junge zu sein, der das Talent besaß, in einer alten, unübersichtlichen und verwinkelten Stadt immer wieder Passagen und Verbindungen zu finden, die keiner außer ihm kannte. Nur er hatte ein Auge für die Schlupflöcher und Durchstiche, nur er hatte das Gespür für den geheimen Stadtplan, der gewissermaßen unter dem offiziellen existierte; nur er konnte diesen zweiten Plan durchschimmern sehen. Aber es war nicht einfach. In der Stadt glaubte man noch an Hexerei, und der Junge musste sich vorsehen. Von Superkräften träumte Wolf einmal in fünf Jahren, und er genoss es immer sehr. Auch diesmal dauerte es, bis er sich aus seinem Abenteuer aufwecken ließ, aber dann wurde das Rütteln an seinem Arm doch zu stark. Er öffnete die Augen. Die junge Frau, die ihn ansah, hatte lange Haare und einen Nasenring, sie trug eine adrette Uniform, und ihre Unterarme waren japanisch tätowiert. Sie fragte auf Englisch, ob er Tee wolle.

»I need to apologize«, gab er zur Antwort. »Wir haben keine Fahrkarten für diesen Zug. Wir gehen gleich.«

»Ach nein«, sagte die Schaffnerin, deren Augen wirklich erstaunlich groß und braun waren, »bleiben Sie doch. Die Fußballfans sind zum Glück weg. Da kümmere ich mich einfach um Sie. Also Cream Tea, ja?«

»Sehr gerne«, sagte er, fast ein wenig zu gierig. »Und wenn Ihnen die Fußballfans doch ein wenig fehlen, kann ich auch ›We'll never die!‹ singen.«

Sie grinste. »Deutsche mit Humor. Verrückte Welt.«

Als sie den ausgezeichneten Tee tranken und die fantastischen Scones aßen, fragte Katja:

»We'll never die?«

»Manchester United. Schlachtgesang.«

Katja sah ihn mit durchdringendem Spott an.

»Fußball. Und Tätowierungen. Ich dachte, du magst beides nicht.«

Er grinste, und sie dann auch.

Don't overstay your welcome – sie zogen weiter. Das mobile Internet funktionierte, wie es seit den Verbesserungen der letzten Jahre immer funktioniert hatte, und sie stellten fest, dass sie ihrem Ziel, dem Brennerbasistunnel, ein gutes Stück näher gekommen waren. Der Mittagsschlaf hatte gewirkt. Statt nur entsetzt über den Toten in dem bulgarischen Zug zu sein, fragte sich Wolf, was den Mann zu seinem Suizid getrieben hatte. Oder war es gar kein Suizid gewesen? Er beschloss, an die Selbstmord-Theorie zu glauben. Daran, dass der Mann die seltsame Pistole schon lange bei sich getragen hatte. Dass dieser Koffer erst während der Reise in seinen Besitz gekommen war, vielleicht sogar durch einen kriminellen Akt. Dass er ihn, entgegen seinen Erwartungen, gleich zu leicht gefunden hatte. Dass das offene, leere Maul des Koffers der eine Tropfen gewesen war, der das Fass des bulgarischen Diebs zum Überlaufen gebracht hatte. Die Fotos würde Wolf lange nicht ansehen können. Aber zumindest eins von ihnen, das mit der seltsamen Pistole vor dem Schuh des Toten, war richtig gut. Daran gab es keinen Zweifel.

Der nächste Zug war auch von British Rail, aber ein Schaffner, der aussah, als wäre er früher Boxer gewesen, schmiss sie sofort raus. Sein Geschrei konnte Wolf nicht einmal übersetzen, und während sie an dem Zug entlanggingen, folgte ihnen das bullige Fleischwurstgesicht im Inneren des Zuges, von Abteil zu Abteil, von Wagen zu Wagen.

»Er hat kein leichtes Leben«, sagte Wolf.

Katja nickte nachdrücklich.

Dann kam Holz. Ihr erster Güterzug. Solide, sauber geschnittene Kiefernstämme, die alle aussahen, als ob sie aus derselben Baumschule gekommen wären. Wolf und Katja gingen wieder auf dem Feldweg an den Gleisen entlang. Der Regen hatte zum Glück aufgehört, aber der Boden war doch matschig, und die guten Outdoor-Schuhe, die eigentlich auf den Straßen Roms ihre Rücken hätten schonen sollen, wurden schmutziger und schmutziger. An die Unterseite seines hinter ihm her rumpelnden Rollkoffers mochte Wolf gar nicht denken. Das würde man ja nie mehr sauber kriegen, bei all dem Dreck, der sich in den Rädern verfangen hatte, all den Grashalmen, die sich um die Achsen wickeln konnten.

Das Holz nahm kein Ende. Holz und immer mehr Holz. Ein guter Geruch nach Wald, das schon, aber wer brauchte so viel Kiefernholz? IKEA? So viel Holz nahmen nicht einmal alle Ivar-Regale dieser Welt in Anspruch. Wolf wärmte sich an dem Gedanken, dass das altgriechische Wort für Holz auch gleichzeitig ganz allgemein »Materie« bedeuten konnte. Das war ein Gedanke, der ihn schon oft getröstet hatte, weil er die Bedeutungserweiterung, die das altgriechische Wort durchgemacht hatte, so logisch, so folgerichtig, so praktisch fand. Die Griechen hätten ja auch den Stein als Vorbild für das Konzept der Materie nehmen können, aber nein, sie wählten das Holz, und das wiederum wies darauf hin, dass ihnen die Materie nicht völlig unbelebt sein konnte, im Sinn von bloßer, toter Materie, sondern dass in ihrem Begriff des bloß Materiellen ein Rest von Leben und Keimfähigkeit aufgehoben war ...

Wolf hatte einmal Philosophie studiert, das erwies sich immer wieder als problematisch.

Sie kamen an einem kleinen Bretterkonstrukt vorbei, das anscheinend als Geräteschuppen für ein nachlässig umzäuntes Grundstück mit Obstbäumen diente. Wolf fiel die Leiter auf, die an der windschiefen Kate lehnte. Unter Umständen ein Motiv. Er machte sich die Mühe nicht. Katja blieb stehen.

»Wie lang kann so ein Güterzug eigentlich sein? Du weißt doch so was? Wie lang?«

»Ungefähr 800 Meter«, sagte Wolf, der sich für sein Fotobuch »Selbstblock« einmal für die Bahn interessiert hatte. »Aber nur in Deutschland. Wenn der Zug von woanders her kommt, gilt das vielleicht nicht. Und in Österreich vielleicht sowieso nicht.«

»Du hast keine Ahnung, wie lang dieser Zug ist«, stellte Katja grimmig fest. Sie war nicht mehr fröhlich, das konnte er hören.

»Ich habe keine Ahnung, wie lang dieser Zug ist.«

Am Ende des Holzes trafen sie auf eine Lok, die der CFR (Căile Ferate Române) gehörte. Und hundert Meter weiter erwartete sie ein vertrauter Anblick.

»Ein ICE, der auf freier Strecke steht!«, rief Wolf aus. »Oh süße Heimat!«

Er wunderte sich, dass hier auf dieser Strecke ohne Oberleitungen überhaupt ein ICE zu finden war. Er hatte mal was von dieselelektrischen ICE-Zügen gelesen, aber seiner Erinnerung nach waren die vor allem in Norddeutschland unterwegs. Er stellte sich eine Ruhepause in gewohnter Umgebung vor; hoffentlich hatte auch das deutsche Bahnpersonal schon die Flucht angetreten. Möglicherweise gab es aber auch eine Wiederholung des Erlebnisses mit dem englischen Brüllschaffner. Wie auch immer, das Kiefernholz lag hinter ihnen.

»Ich will da rauf«, sagte Katja.

»Klar«, meinte Wolf. »Hoffentlich ist der Strom noch nicht abgestellt. Sonst kriegen wir die Türen nicht auf.«

»Nein«, meinte Katja. »Ich will aufs Dach.«

Wolf brauchte ein paar Sekunden, um diese Information zu verarbeiten.

»Katja«, stöhnte er. »Wie soll das denn gehen? Stabhochsprung, oder was?«

»Da war doch vorhin diese Leiter. An der Bruchbude.«

Natürlich. Wolf hätte ja wissen können, dass sie die Idee nicht geäußert hätte, ohne wenigstens einen Ansatz für ihre Verwirklichung zu haben.

»Du musst jetzt mal einen Gang zurückschalten«, meinte er. »Sonst wird das noch gefährlich hier.«

»Mhm«, antwortete sie und nickte dazu. »Ich geh die Leiter holen.«

Und das tat sie.

Wolf wusste nicht, was er tun sollte, als sie mit rotem Gesicht die Leiter anschleppte, an den Waggon anlehnte und hochstieg. Bald stand sie oben, triumphierend.

»Schön hier«, sagte sie. »Komm doch auch rauf!«

Die Kamera, die bisher vor seinem Bauch gebaumelt hatte, hängte er an seine Seite. Den Koffer ließ er zurück, wie auch sie es getan hatte. Er mochte Leitern nicht besonders. Zu wackelig, wie er immer fand. Diese hier machte zusätzlich keinen guten Eindruck, weil sie so lange im Freien gestanden war. Sie hatten zwar funktionierende Handys, aber wenn die Leiter unter ihm zusammenkrachte oder wenn er vom Dach eines ICEs herunterfiel, musste schon ein Hubschrauber kommen, um ihn zu retten. Er dachte an S-Bahn-Surfen, diese Trendsportart, der vor Jahren einige Jugendliche zum Opfer gefallen waren. Er dachte an Leute, die auf abgestellte Züge geklettert und dann von 15 000 Volt-Bahnstrom gegrillt worden waren. Wenigstens keine Oberleitungen. Wenigstens keine 15 000 Volt.

Dann war er oben. Katja stand ganz selbstverständlich da. Ein leichter Wind wehte die Kapuze hinter ihrem Kopf hoch und brachte ein paar ihrer Haarsträhnen zum Flattern. Schön sah sie aus. Begeistert war sie.

»Weißt du, was das hier ist? Was wir hier machen?«

»Wir stehen auf dem Dach eines Zuges«, bot Wolf an.

»Wir machen, was wir uns sonst nie trauen würden. Was sonst nie möglich wäre!«

Wolf sah kurz über den Rand des Zugdachs, das unangenehm gewölbt war, und die Koffer, die sie am Boden zurückgelassen hatten, waren unangenehm weit weg. Seine Knie wirkten nicht völlig stabil.

»Weißt du ...«, fing er an, aber dann bemerkte er die Rauchwolke, die hinter Katjas Kopf und ihrer roten Kapuze aufstieg. »Weißt du, vielleicht wollen wir auch einfach nur die Welt brennen sehen.«

Katja rollte mit den Augen. »Du und deine Dramatik immer.«

Anstatt sich zu beschweren, nahm er sie an den Oberarmen und drehte sie langsam, vorsichtig um.

Sie sagte: »Oha.«

Hinter dem immer dichteren und schwärzeren Rauch war jetzt auch ein Feuerschein zu sehen. Irgendwo in ein paar Kilometern Entfernung brannte etwas hell und heiß, entweder am Bahndamm oder auf der Bahnstrecke.

»Ich schlag jetzt vor«, sagte Wolf, »dass wir uns einfach hier ein bisschen hinsetzen, um unseren großen Mut und die Aussicht zu genießen. Und dann klettern wir die Leiter wieder runter, nehmen unsere Koffer und machen uns langsam auf die Suche nach einem Schlafplatz für heute Nacht.«

»Das ist ein sehr vernünftiger Vorschlag«, sagte Katja ernst.

Sie setzten sich vorsichtig hin. Auch beim Sitzen machte sich die Wölbung des Dachs unangenehm bemerkbar. Es ging auf den Abend zu. Die abgegriffenen Streben der Leiter ragten über den Rand des Dachs hinaus.

»Ich dachte halt, dass wir bei gutem Wetter auch hier oben schlafen können.«

»Ich denke manchmal, dass Elvis mir was vorsingen könnte, wenn er noch leben würde.«

»Ist ja schon gut«, meinte Katja kleinlaut. »Das war halt so eine Idee.«

Wolf schlug einen versöhnlichen Ton an, weil ihm eine kleinlaute Katja dann auch wieder nicht recht war. »Und ich bin ja zu vorsichtig immer. Oft.«

»Na ja«, meinte sie.

»Na ja«, stimmte er zu.

Die Rauchwolke ragte jetzt wirklich hoch in den Himmel auf. Sie war schwarz und fett, es handelte sich um eine Rauchwolke, die was zu beweisen hatte. Wolf hoffte, dass nicht etwa ein Güterzug mit Öl oder gefährlichen Chemikalien in Brand geraten war. Man hörte ja so einiges von solchen Unglücken. Graniteville, 2005. Was da los gewesen war. Hoffentlich kein Öl. Hoffentlich kein Chlor. Hoffentlich kein Sprengstoff vom Militär.

Dann neigte sich die Leiter zur Seite. Erst ein wenig, dann mehr, dann fielen die beiden Holme einfach aus dem Bild. Es klapperte da unten. Sein Körper hatte schon begriffen, als sich sein Verstand noch fragte: »Was? Wie kann das sein? Was ist hier los?« Sein Körper hatte schon begriffen: Der Zug bewegte sich. Er schaute Katja an, die bolzengerade neben ihm saß, voller Furcht. Kein Zweifel: Der Zug rollte. Langsam, sehr langsam, aber er rollte.

»Katja!«, sagte er.

»Wolf!«, rief sie aus.

Die Gedanken in seinem Kopf überschlugen sich. Er dachte jetzt nicht mehr an Graniteville, sondern an Eschede. An Züge, die es zusammengefaltet hatte wie Ziehharmonikas. Er dachte daran, wie er zum ersten Mal auf einer Schnellstrecke mit dem damals neuen ICE unterwegs gewesen war, und wie er sich gefühlt hatte beim Blick auf die Geschwindigkeitsanzeige: 297 km/h. Wolf dachte auch, völlig unzusammenhängend: Semmerling.

»Wolf! Der Zug rollt!«

»Ja klar! Wir müssen jetzt ruhig sein! Ruhig bleiben!«

Er war überhaupt nicht ruhig. Der Zug rollte die Strecke rückwärts, und da hinten, gut sichtbar, wartete die Lok der rumänischen Staatsbahnen auf sie. Und hinter der warteten etliche Festmeter Kiefernholz. Wenn der Zug bis dahin zu viel Fahrt aufnahm – sein Herz pochte wie verrückt.

»Wir müssen springen!«, rief Katja.

»Nein! Wenn wir zu kurz springen und unter den Zug kommen ... nicht springen!«

Und dann kam der Aufprall. Von einer großen, unsichtbaren Hand wurden Katja und Wolf einige Meter über das Zugdach geschoben, etwa wie zwei Whiskygläser, die ein geschickter Barkeeper über einen gut polierten Tresen schickte. Dann das Geknirsche, Geschiebe und Geächze von all den ICE-Waggons, die immer noch in die Richtung wollten, in die der Zug eben noch gerollt war. Massenträgheit, gar nicht träge: Knarzen, Quietschen, Stöhnen, Metall, Plastik, Glas. Das ging durch Wolfs Körper wie ein Nachbeben. Aber es war kein Durchkommen für den Personenzug aus Deutschland. Das transsylvanische Holzprodukt hielt stand, denn es war Tausende von Tonnen stark. Der ICE hatte auf der kurzen Strecke zu wenig Energie mitgebracht. Es gab kein Rasanztrauma für Wolf und Katja und keinen Ziehharmonikaeffekt, anscheinend gab es nicht einmal einen entgleisten Waggon. Bis auf Knarzer hier und da war bald alles seltsam ruhig; auch die fette, schwarze Rauchwolke stieg in aller Gelassenheit höher und höher in den Himmel. Sie atmeten durch.

»Wir hätten sterben können«, meinte Katja leise.

»Im Zug wär's gefährlicher gewesen«, merkte Wolf an. »Rumfliegendes Zeug, splitternde Glastüren und all so was. Hier oben hatten wir Glück.«

»Das sagst du doch jetzt nur so. Damit's mir besser geht.«

»Wir müssen immer noch von dem Dach hier runterkommen. Das ist komplett deine Schuld.«

»Blödmann.«

Mit wackeligen Beinen und balancefördernd ausgestreckten Armen machten sie sich auf den Weg zum Triebkopf des ICEs. Dort angekommen, sahen sie die Bescherung: Die Schnauze des Triebkopfs war komplett eingedrückt worden, der Führerstand existierte nicht mehr. Zu beiden Seiten der Bahnstrecke Trümmer. Wolf musste schlucken, als er das sah. Er hatte gehofft, über die stromlinienförmig geneigte Schnauze des Triebkopfs ziemlich unkompliziert nach unten rutschen zu können. Jetzt blieb nur noch Plan B.

»Wir müssen da hoch«, sagte er und zeigte auf das Dach der rumänischen Lok. Die Farbe des Dachs war grasgrün.

»Nein«, meinte Katja.

»Doch. Wir sind hier fast vier Meter über dem Boden, genauer gesagt über einem geschotterten Bahndamm. Wir können uns an nichts festhalten, um gepflegt ein bisschen an der Seite runterzuhängen und dann loszulassen. Scheiß Wölbung ohne Dachrinne. Ich brauch dir ja nicht zu erzählen, dass ein Knochenbruch hier nicht so sexy ist. Also müssen wir über die Lok, von der Lok runter auf die Holzstämme des ersten Güterwagens, und von den Holzstämmen hoffentlich leichter runter auf den Bahndamm.«

»Du brauchst mich hier gar nicht so klugscheißerisch zu belehren.«

Wolf nickte, denn in diesem Stil stimmte Katja ihm zu, wenn sie sehr schlecht gelaunt war.

Zunächst einmal musste er eine Stelle finden, an der man von dem ICE-Triebkopf auf das Dach der anderen Lok überwechseln konnte, ohne sich an zersplittertem Metall und Plastik irgendwas aufzuschneiden. Dann über das grüne Dach der Lok. Dann ein Sprung auf die obersten Kiefernholzstämme. Dann die Stämme wie eine ziemlich doof gebaute, viel zu steile Treppe benutzen, die man nur rückwärts hinuntersteigen konnte, mit den Händen in die harzige, bröckelige Kiefernrinde gekrallt. Er dachte so wenig wie möglich nach und handelte nur; erst als sie beide schwer atmend auf dem Boden vor dem Bahndamm saßen, wurde ihm klar, dass sein Plan tatsächlich funktioniert hatte. Sie waren nicht gestürzt. Die Baumstämme waren nicht ins Rutschen gekommen, um sie zu zerquetschen. Das Harz an seinen Händen ging nicht so leicht ab; da konnte er sie lang mit Papiertaschentüchern und Gras abwischen. Das war alles.

Sie standen auf, atmeten durch und machten sich auf den Weg zu ihren Koffern. Nach ein paar Metern fiel Wolf siedend heiß seine Kamera ein, die an seiner Seite baumelte und auch während der ganzen Kletteraktion an seiner Seite gebaumelt hatte. Er prüfte sie und fand, dass der Objektivdeckel verschwunden war, dass aber sonst alles funktionierte. Ersatz-Objektivdeckel hatte er einige im Koffer. Gleich ein Motiv: Direkt neben dem Bahndamm lag eine Taube, die wohl von einem Fuchs kürzlich gerissen, dann aber doch verschmäht und zurückgelassen worden war. Erheblicher Blutmatsch, einige Schmeißfliegen, deutlich wahrnehmbarer Aasgeruch. Wolf gab sich ein wenig Mühe, und Katja kam zurück, schaute sich die Sache auch an.

»Ist ja zum Würgen.«

Damit konnte sie Wolf nicht täuschen. Er wusste genau, dass Katja seine morbide Faszination für tote Tiere teilte; eine Serie, die er »Deadimals« genannt hatte, hielt sie für eine seiner besten Arbeiten.

»Klar«, sagte er, als er aus der Hocke hochkam. Sie liefen weiter.

Die Sonne kam noch einmal für diesen Tag heraus und brachte Katjas Haare auf eine Art zum Schimmern, die Wolf schon immer sehr gemocht hatte. Er fotografierte im Gehen, mal auf präzise Bilder abzielend, mal auf Bewegungsunschärfe, mal mit weiter Brennweite den verunfallten ICE mit ins Bild nehmend. Nach zwei Dutzend Fotos meinte sie:

»Jetzt ist genug. Ich warne dich!«

»Ich dich auch«, gab er zurück.

Dieses Spiel hatten sie schon so oft gespielt, dass sie nicht mehr darauf verzichten wollten.

Die Koffer waren noch da, wo sie sie zurückgelassen hatten. Wolf öffnete seinen und fummelte einen Ersatzdeckel heraus.

»Und«, fragte er, als sein Objektiv wieder standesgemäß geschützt war, »bringste die Leiter zurück?«

Katja lächelte ihn dünn an. Sie konnte so wunderbar herablassend schauen, wenn sie wollte.

»Mein lieber Wolf. Aktuell haben wir zwei Jobs. Einmal brauchen wir einen Schlafplatz für die Nacht. Und dann fehlt uns noch was.«

»Essen. Du willst irgendwo Essen besorgen, weil's langsam Zeit wird. Dann sag das doch so.«

»Essen, stimmt, das brauchen wir. Aber wir brauchen auch Rucksäcke. Das mit den Koffern funktioniert so nicht.«

»Klasse Idee«, sagte Wolf mit gespielter Begeisterung. »Beim nächsten Outdoor-Laden schlagen wir zu!«

»Du bist manchmal gar nicht so witzig, wie du denkst«, sagte Katja, kam auf ihn zu und gab ihm einen Kuss. »Du hast sie gesehen, ich hab sie gesehen. Die zurückgelassenen Gepäckstücke. Du hast sogar eins fotografiert.«

»Du willst Rucksäcke stehlen. Die hier irgendwo in den Zügen zurückgeblieben sind.«

»Nein, Wolf. Ich will tauschen, ohne zu fragen. Das ist ...«

»... Selbstbetrug. Du willst klauen gehen. Dann sag das doch so. Ich bin dabei, weil du mit den Koffern recht hast.«

Also gingen sie Gepäckstücke klauen. Nach einer kurzen Diskussion fingen sie in dem ICE an, auf dessen Dach sie noch vor kurzem gesessen waren. Sie hatten seit dem Aufprall keine Bewegung in oder an dem Zug wahrgenommen und konnten davon ausgehen, dass er leer war.

Das Zugrestaurant war leicht zu plündern; sie brauchten nicht einmal die Schranktüren zu öffnen, weil die schon aufgesprungen waren und einiges von dem Schrankinhalt auf dem Boden verteilt lag. Brötchen, Käse, Einzelportionen Butter, Wurst, Kekse: Was noch brauchbar war und schmackhaft wirkte, kam in den Sack. Als er die Schränke noch einmal durchging, bewunderte Wolf, wie die Ingenieure das Beste aus dem verfügbaren Platz gemacht hatten. So hatte er sich immer die Bordküchen in modernen Flugzeugen vorgestellt. Zum Schluss packte Katja die Plastikbox mit dem Apfelkuchen auch noch ein.

»Wir wissen nicht, wann es wieder was gibt«, sagte sie.

»Und deswegen meine Frage: Was ist mit den Getränken?«

Sie suchten, sie fanden. Schwerer war es mit den Rucksäcken. Zunächst fielen ihnen nur kleinere Beutel und Taschen auf, die in der Eile und der Verwirrung zurückgelassen worden waren. Sie kamen an einem bunten Plüsch-Einhorn vorbei, eingeklemmt zwischen einem Sitz und der Außenwand des Waggons. Der Anblick verursachte bei Wolf eine Übelkeit, die er nicht zuordnen konnte.

Dann hatten sie doch Glück. Durch den Aufprall waren zwei große Rucksäcke aus dem Gepäckregal geschleudert worden und versperrten jetzt den Durchgang wie umgefallene Hinkelsteine. Wolf nahm den graublauen, Katja den grünen. Sie packte beim Ausräumen ihres Hinkelsteins beherzt zu; Wolf tat sich schwerer, vor allem, weil er Büstenhalter und Frauenunterwäsche in die Hände bekam. Katja bemerkte sein Zögern.

»Ich schätze Körbchengröße 70 A, nicht dein Ding. Wenn mir was so peinlich ist wie das hier, dann bring ich's schnell hinter mich.«

Wolf stapelte die Wäsche, die Hygieneartikel und all den anderen Kram auf dem Nebensitz. Er erschrak, als die Notbeleuchtung des Zugs anging, weil es draußen dämmerte. Wie lange würden die Batterien halten? Er hatte keine Ahnung. Katja wollte hoffentlich die Nacht nicht in diesem Zug verbringen.

Sie packten die fremden Sachen so gut wie möglich in ihre Koffer und hinterließen einen Zettel zur Entschuldigung. Die Koffer seien von hoher Qualität, aber sie müssten sie gegen die Rucksäcke tauschen, weil es eben nicht anders gehe. Katja zog den Regenschutz über ihren neuen Rucksack, bevor sie ihn sich aufschnallte, Wolf machte es ihr nach – es hatte heute schon geregnet, es konnte wieder regnen. Im vorletzten Waggon des ICE kam ihnen ein Pärchen entgegen. Ein großgewachsener Junge mit blonden Wuschellocken. Seine Freundin war sehr zierlich. Die beiden machten in wortloser Höflichkeit Platz, um ihn und Katja durchzulassen. Wolf wollte entspannt wirken, aber er ging doch ein wenig schneller.

Als sie endlich draußen waren, in der hereinbrechenden Dunkelheit, flüsterte Katja: »Ich hab meine Taschenlampe griffbreit. Aber ich mach sie noch nicht an.«

»Schon klar«, gab Wolf zurück, der nur Angst hatte, von der zierlichen Frau und ihrem Wuschelfreund verfolgt zu werden.

»Die beiden schaffen das auch mit den Koffern zurück nach Hause«, meinte Katja mit großer Gewissheit.

»So wie wir es mit den Koffern bis hierher geschafft haben«, stimmte Wolf zu.

Niemand verfolgte sie. Keine Frage, die Idee, dass die beiden Diebstahlsopfer sich möglicherweise sogar über die schönen Rollkoffer freuen würden, war kindisches Rechtfertigungsdenken. Aber Wolf fragte sich wirklich, wie diese zierliche Frau den Rucksack gestemmt hatte, der jetzt von seinen Schultern hing. Möglicherweise war sie eine Sportlerin.

Die Dämmerung gab noch ein wenig Restlicht her, und in der Ferne glühte und fackelte immer noch der Brand, auf den sie zuhielten, an dem sie vorbei mussten, wenn sie zum Brenner wollten. Vielleicht schafften sie es noch bis dorthin. Danach Essen und Schlaf, das war ihr Plan.

Die Brandstelle war ein Problem. Einerseits wollten sie ihr nicht zu nahe kommen, aus den verschiedensten Gründen. Möglicherweise war die österreichische Polizei vor Ort, dann konnten sie dumm auffallen. Oder es war gefährlich, wegen irgendwelcher giftiger Dämpfe. Aber Wolf hatte noch nie einen brennenden Zug gesehen, und Katja auch nicht.

Sie entschieden sich für einen Kompromiss. In sicherer Entfernung zu dem Brand entdeckten sie mitten auf dem

Feld ein kleines Wäldchen, in dem sie sich verstecken, von dem aus sie beobachten konnten. Was sie sahen, war eindeutig: Der Brand hatte seinen Höhepunkt lang überschritten, Dächer und Seitenwände der Waggons fast verzehrt und kokelte sich jetzt durch den Rest. In der zunehmenden Dunkelheit sah er wie ein orangefarbenes, flackerndes Band aus, das über dem Boden schwebte.

»Ein Fernglas müsste man haben«, sagte Katja.

»Hab ich doch«, meinte Wolf. »Also fast. 400-Millimeter-Tele.«

Katja schwieg eine Weile. Dann sagte sie: »Wenn wir einen Verletzten sehen oder so was – wir müssen hingehen. Wir müssen den Rettungshubschrauber rufen.«

»Natürlich«, meinte Wolf und fing an, seinen Kram aufzubauen.

Auf dem Stativ saß die Kamera fest und stabil, während er sie schwenkte, und er brauchte nicht einmal durch den Sucher oder auf den Bildschirm zu schauen, denn sie übertrug alles auf sein Tablet, das er auch mitgebracht hatte. Die Kamera belegte: Hier war ein weiterer ICE abgebrannt.

»Kein guter Tag für die Deutsche Bahn AG«, meinte Katja trocken.

»Wann hat die je einen guten Tag?«, gab Wolf zurück. Er fotografierte, was zu fotografieren war. Zum Beispiel einen Brandherd, der sich genau über einem DB-Logo durch die Außenwand des Zugs fraß. Das Logo war auf dem Bild gestochen scharf. Verletzte sahen sie nicht. Sie mussten weiter.

Bei dem fast völlig dunklen Zug, für den sie sich entschieden, schauten sie nicht einmal nach der Nationalität, dafür waren sie schon zu müde. Sie wünschten sich nur einen Schlafplatz, in dessen Umgebung sie nicht auf Leichen trafen oder auf die Eigentümer ihrer Rucksäcke. Sie hofften auch sehr, dass die Bremsen des Zuges angezogen waren und blieben, obwohl offensichtlich auch hier nur noch der Batteriestrom für eine Notbeleuchtung sorgte. Sie fanden die Schlafwagen, sie fanden ein Abteil, dessen Betten nicht heruntergelassen und zerwühlt waren. Ihre Taschenlampen benutzten sie beim Essen nicht, weil sie nicht unnötig Aufmerksamkeit erregen wollten. Der zusammengeklaute Fraß schmeckte wunderbar, das Wasser aus den Plastikflaschen war für sie genau so gut wie das reinste Quellwasser.

»Was tust du?«, fragte Wolf, als sich Katja den Pullover über den Kopf zog.

»Na wonach sieht's denn aus, mein Süßer? Ich zieh meine Klamotten aus, um schlafen zu gehen.«

Wolf schüttelte den Kopf.

»Wenn wir hier ganz schnell verduften müssen, haben wir keine Zeit, unsere Kleider zusammenzusuchen. Ich schlag vor, dass wir alles am Leib tragen. Die Jacken und die Schuhe auch.«

Im Dämmer der Notbeleuchtung sah Katja ihn blinzelnd an. Dann nickte sie. »Aber ich schlaf trotzdem oben.«

Als sie voll bekleidet in ihren Betten lagen, sagte er: »Immerhin sind wir im Schlafwagen nach Rom unterwegs.«

»Witzbold«, gab Katja zurück.

Schon wenige Minuten später hörte er sie wieder schnauben. Er fragte sich, wann er das letzte Mal mit Schuhen an den Füßen geschlafen hatte. Als er sich an die Gelegenheit erinnerte, hätte er beinahe laut aufgelacht. Danach schlief auch er bald ein.

Ansammlungen von Leuten konnten natürlich problematisch werden. Es war immerhin denkbar, dass sich die zarte Rucksackbesitzerin und ihr wuschelblonder Freund auch in Keilenz eingefunden hatten. Oder dass die österreichische Polizei unter den Reisenden nach Leuten suchte, die einen gewissen Bulgaren zuletzt lebend gesehen hatten. Um Fiechtach und Unfterschick hatten sie deswegen bereits einen Bogen gemacht, aber das war im engen Inntal gar nicht so leicht gewesen und hatte außerdem viel Zeit gekostet. Nach dem Frühstück war ihre Versorgungslage schon wieder deutlich schlechter gewesen, und sie brauchten Verpflegung, weil sie sich nicht immer auf plünderbare Zugrestaurants verlassen konnten. Deswegen hatten sie entschieden, das Risiko einzugehen. Keilenz infiltrierten sie über die Straße, die parallel zu den Gleisen zum Bahnhof führte. Auf dem Vorplatz trafen sie ihresgleichen an; Gestrandete, deren Verwirrung und Zorn immer noch mit Händen zu greifen waren. Wolf versuchte ein wenig davon einzufangen. Wo hatten all diese Leute die Nacht verbracht? Die Hotels und Pensionen an der Bahnstrecke machten wahrscheinlich einen schnellen Euro. Hier vor dem Bahnhof standen jetzt nur die, die nichts mit ihrem Urlaub anzufangen wussten, als auf ein Wunder in der Zugstaufrage zu hoffen. Jemand sprach ihn mit aggressiver Ungeduld auf Italienisch an, und er hörte sofort auf zu fotografieren.

Die Autobrücke über den Inn war fast ohne Verkehr; es machte nicht viel Sinn, mit dem Auto Richtung Bahnhof zu fahren, um dann für Hunderte Kilometer in beiden

Richtungen die Gleise nicht überqueren zu können. Ein Verkehrskreisel mit faserigen Tannen darauf, dann erst mal ein Gewerbegebiet mit den üblichen Discountern und dem anderen Zubehör, wie zum Beispiel einer Tankstelle und einem Abschleppdienst. Sie entschieden sich für den Hofer. Alles machte einen einigermaßen normalen Eindruck. Am Zeitungskiosk ließen sie sich für einen Augenblick von riesigen Schlagzeilen anschreien, die den ZUGSTAU! ZUGSTAU! zum Thema hatten. Zwischen den Supermarktregalen waren Einheimische und Gestrandete unterwegs. Überall hingen Zettel, dass wegen der »momentan verschärften Versorgungslage« nur haushaltsübliche Mengen abgegeben werden konnten. Sie konzentrierten sich auf das Wesentliche: Brot, Käse, Salami, haltbare Brotaufstriche, Margarine, Wasser und dergleichen. Zum Glück hatten sie sich zu einem Frühjahrsurlaub entschlossen; im Sommer wäre das Zeug schnell wertlos geworden.

Sie waren schon fast fertig mit dem Einkauf, da erschrak Wolf bis ins Innerste: Bei den Süßigkeitenregalen, mitten im Gang, stand der verrückte Alte aus Rothamel. Dieselben abgeschabten Kleider, der dämliche Tirolerhut, die geplatzten Äderchen und die Salz- und Pfefferstoppeln im Gesicht, dazu der Stock – das war der Typ. Seelenruhig schaute er sich die Kekse und die Schokolade an. Das Blut pochte in Wolfs Ohren, das Neonlicht an der Decke war plötzlich viel zu hell. Der Alte drehte sich langsam zu ihm hin. Keine Frage, keine Frage, das war das faltig-zerknautschte Gesicht. Aber er tobte nicht wie am Tag vorher, sondern er lächelte sanft, was in der verwüsteten Visage fast noch schlimmer wirkte als die Wut, die Wolf schon kannte.

»Auch was Süßes, oder?« fragte der Mann und trat höflich zur Seite.

Wolf beugte sich zu dem Regal hinüber, ohne den Alten aus den Augen zu lassen, und schnappte sich irgendeine Kekstüte. Der Alte lächelte weiter und hob seinen Stock, aber offenbar nicht zum Randalieren, sondern zum Grüßen. »Gruß an die Gemahlin!«, sagte er. »Baba und foi ned.«

Katja, die ein paar Meter hinter ihm beschäftigt gewesen war, schrak zusammen, als Wolf sie am Arm packte.

»Zur Kasse!«, zischte er, und schaute sich um. Der Alte war schon verschwunden.

»Was ist los?« fragte Katja. »Was ist?«

»Nicht jetzt. Zur Kasse!«

Sie merkte, wie ernst es ihm war, und ließ sich mitziehen. Als sie in der Schlange standen, war die erste Aufregung vorbei, aber er schaute sich doch immer wieder nach dem verrückten Alten um. Keine Spur mehr von Stock und Hut. Katja und ihr fragendes Gesicht, ihre tief gerunzelte Stirn.

»Gleich. Ich erzähl's dir draußen.«

Und das tat er dann. Auf seltsam geformten Sitzen zwischen dem Abschleppdienst und dem Autohändler, die genauso pennersicher waren wie die Busbahnhofsitze in Rothamel.

»Weißt du, Wolf«, sagte Katja, nachdem sie ihn angehört hatte. »Du bist dir sehr sicher. Aber was meinst du, wie viele alte Säcke mit Tirolerhut in Österreich herumlaufen?«

Wolf hatte das kommen sehen.

»Nein. Nein. Das war der Typ aus Rothamel.«

»Und wenn schon?«, ärgerte sich Katja. »Dann ist er halt auch hier. Wie wir! Und er hat dich erkannt, und du ihn. Wir machen einen Bogen um ihn, und das war's dann.«

Wolf atmete durch. »Ja. Du hast sicher recht.«

»Natürlich habe ich recht. Und jetzt gehen wir noch was essen. Döner macht schöner gibt's ja sicher auch in Keilenz, oder?«

Nach dem Döner ging es wieder auf die Piste. Innsbruck erreichen, Innsbruck war das Ziel. Der nächste Zug, den sie betraten, gehörte den Ferrovie dello Stato Italiane. Katja freute sich, weil sie gewissermaßen zum ersten Mal italienischen Boden betreten hatten. Wolf war glücklich, weil er Inschriften fand, die er schon als Kind gelesen hatte: »Freno di emergenza treno – Ogni abuso sarà punito.« Die fremdsprachigen Warnhinweise, die es seinerzeit auch in den Waggons der Deutschen Bundesbahn gegeben hatte, waren ihm als Kind schon bemerkenswert vorgekommen. Vor allem die französischen. »Tout abus sera puni« war sogar mal so etwas wie eine geheime Beschwörungsformel gewesen, die er der Dummheit der Welt entgegenhalten konnte. »Lass dir mal die Haare schneiden« – »Tout abus sera puni«. »Deine Noten in der Schule, das geht aber so nicht« – »Tout abus sera puni«. »Wenn ich dich nochmal hier erwische, hau ich dir aufs Maul« – » Tout abus, tout abus, tout abus sera puni.« Wirkte definitiv besser als ein unoriginelles und lustloses inneres »Leck mich«. Wolf fotografierte die aktuellen italienischen Drohungen. Der Zug war leer, bis auf zwei dickliche Männer in den späteren mittleren Jahren, die in einem Abteil saßen und rauchten, allen Verboten zum Trotz. Nur der eine von ihnen schaute auf, als Wolf und Katja vorbeihuschten. Seine Halbglatze schimmerte im grauen Licht, das durch das Fenster hereinschien.

Es setzte so etwas wie Routine ein. Rein in den Zug, wandern, raus aus dem Zug, nächster Zug. Seit zwei Tagen befanden sie sich in einem selbstgewählten Ausnahmezustand, und schon gewöhnten sie sich daran. Drei Züge lang plünderten sie nichts. Sie begegneten auch keinen Gespenstern, nur einem einzigen Betrunkenen, der ihnen irgendwas in einer Sprache hinterherrief, die sie nicht kannten.

Der nächste Zug war allerdings anders. Sehr anders. Der Wagen, auf den sie zuerst trafen, war zugleich bullig und flach; mit seinen vier kleinen Fenstern und einem kümmerlichen, völlig deplatzierten Giebel in der Mitte sah er aus wie ein Haus auf Rädern für kurzgewachsene Menschen. Ein gepanzertes, missratenes Haus, ohne erkennbaren Eingang, dessen Technik und Design eindeutig aus der ersten Hälfte des 20. Jahrhunderts stammten, das aber blitzneu war. Seltsam. Der gleiche Eindruck beim nächsten Waggon: Die graugrüne Farbe, die unfassbar dicke und massive Karosserie, die Trittbretter, die Türen wirkten eindeutig wie von vorgestern; gleichzeitig schien die Farbe gerade erst getrocknet zu sein. Wolf hatte bei seinen Recherchen über die Bahn ziemlich schräge Vögel kennengelernt, die alles restaurieren wollten und konnten, was seit 1804 auf Schienen herumgefahren war, aber das rollende Material hier atmete einen ganz anderen Geist. Die schmalen, hochliegenden Fensterschlitze des Waggons irritierten Wolf zusätzlich. Was war hier los? Er sah Katja fragend an, und sie nickte.

Die Tür ließ sich ganz leicht öffnen, alles wirkte bemerkenswert gut geölt und austariert. Kein Vergleich zu dem knarzenden, schlecht gewarteten Kram, den Wolf seit seiner Zeit als bahnfahrender Schüler kannte. Sie schlossen die

Tür leise hinter sich und standen in vollkommener Dunkelheit. Es roch nach Holz, nicht nach Plastik. Sie schalteten ihre Taschenlampen ein und fanden sich in einem Gang, der anscheinend an einem riesigen Schrank vorbeiführte, einem Schrank mit Dutzenden von Türen. Auf jeder einzelnen von ihnen standen zwei Buchstaben: »H« und »G«, jeweils rechts und links von einer Art Wappen, das im unausgewogenen, zitternden Licht der Taschenlampen nicht gut zu erkennen war.

»Das kommt garantiert nicht von IKEA«, sagte Wolf. »Es sei denn, IKEA liefert neuerdings auch Einzelstücke in Mahagoni.«

Den geographischen Mittelpunkt des seltsamen Schranks stellte ein großer Safe dar, der ganz und gar nicht aus Holz bestand: Seine unwahrscheinlich hart und widerstandsfähig aussehende Vorderfront schimmerte im Schein der Taschenlampen metallisch-anthrazitfarben. Direkt über dem Schloss war der Schriftzug »Bode-Panzer« zu lesen. Wolf tat sein Bestes mit der Kamera. Die Schrankkonstruktion zog sich tatsächlich durch den ganzen Waggon. Hier hatte jemand Platz für Gepäck und Geheimnisse gebraucht. Und um Sicherheit war es gegangen, ganz maßgeblich sogar. Wenn Wolf darüber nachdachte, fühlte es sich an, als wäre der komplette Waggon ein Safe, in dem er und Katja jetzt herumliefen.

Im Geflacker ihrer Lampen wirkte die Inneneinrichtung des nächsten Wagens wie eine Art Büro. Dann fand Katja den Lichtschalter, und die Deckenbeleuchtung ging an. Aktenschränke und Fächer voller Papiere, ein Bürostuhl und ein Schreibtisch. Auf dem Schreibtisch stand ein schwarzes Telefon mit Wählscheibe. Daneben ein Gerät, das wie eine deformierte Schreibmaschine aussah: An der Stelle der Walze und der Typenhebel befanden sich seltsame Zahnräder; an der Vorderfront des Geräts gab es ein ganzes Feld von Buchsen, von denen einige mit kurzen Kabeln verbunden waren. Über dem Schreibtisch hing ein großes Porträt von Adolf Hitler.

»Das ist eine Enigma«, meinte Wolf und zeigte auf die deformierte Schreibmaschine.

»Und das ist Adolf Hitler«, entgegnete Katja.

»Was machen wir eigentlich hier?«

»Verduften, das machen wir. Jetzt.«

In diesem Augenblick öffnete sich die andere Abteiltür, und ein Soldat kam herein. Seine graue Uniform bestand aus Stiefeln, Breeches, einer Uniformjacke und einer Mütze; zur Dekoration hatte man Reichsadler mit Hakenkreuzen, ein eisernes Kreuz und, an der Mütze, ein Totenkopfemblem verwendet. Die Pistolentasche fiel Wolf erst auf den zweiten Blick auf, genau wie die Nickelbrille.

Als der Kostümierte seinen Schreck überwunden hatte, fragte er mit zittriger Stimme: »Wer sind Sie? Was machen Sie hier?«

Katjas Stimme zitterte auch, als sie antwortete: »Touristen. Wir sind nur Touristen.«

Wolf konnte sehen, dass sie ihre abgeschaltete Taschenlampe jetzt wie einen Schlagstock umklammert hielt. Die Taschenlampe war nicht sehr groß, aber für eine ordentliche Beule würde es reichen.

»Was ist das hier? Wir sind hier in Österreich, da kann man für so eine SS-Uniform in den Knast gehen. Wissen Sie das?«

Katjas elende Impulsivität. Immerhin war der Typ bewaffnet. Der Uniformierte griff aber nicht nach seiner Pistole. In seinem Gesicht, das eher weich war und nichts von einer Nazifresse hatte, kämpften verschiedene Emotionen miteinander – Wut, Angst, Bestürzung, alles Mögliche. Er konnte nicht viel älter als 25 sein.

»Bitte keine Polizei«, sagte er. »Ich wollte nur ins Internet.«

Zur Erklärung beugte sich über den Schreibtisch und hob die Enigma weg: Das war nur eine hohle Attrappe, unter der ein zugeklapptes, modernes Laptop zum Vorschein kam. Mehr oder weniger das gleiche Modell, das Wolf in seinem Rucksack mit sich trug. Ihm wurde das alles zu seltsam.

»Wissen Sie«, sagte er, »wir wollten sowieso gerade gehen.«

»Nein«, widersprach ihm Katja. »Erst will ich eine Erklärung.«

Jetzt übertrieb sie ernsthaft. Wolf griff nach ihrer Hand, aber sie entzog sich.

»Was machen Sie hier? Warum tragen Sie diese Uniform? Und was ist das überhaupt für ein Zug hier?«

Der Kostümierte schaute unsicher von Katja zu Wolf, dann hob er seine Mütze an und fuhr sich über die Stirn.

»Bitte keine Polizei. Ich zeige Ihnen alles.«

Er drehte sich um und verließ das Büro.

Wolf hoffte, dass der Uniformierte ihn nicht hören konnte, als er Katja anzischte: »Das ist doch Wahnsinn. Ich will hier weg!«

»Kamera – lautlos!«, war ihre einzige Antwort. Dann folgte sie dem SS-Mann, und Wolf ging ihr kopfschüttelnd hinterher. Im Gehen schaltete er die Filmfunktion seiner Kamera ein.

Der nächste Waggon sah wie die langgestreckte Lobby eines Luxushotels aus den dreißiger Jahren aus. Dunkle, schwere Möbel, edle Stoffe, ein Teppich, der den Schall besser verschluckte als jeder moderne Schaumstoff – die Einrichtung vermittelte den irritierenden Eindruck einer vollentwickelten Serienfertigung, die dann doch auf nachdrückliche Weise speziellen Kundenwünschen angepasst worden war. Eine vergeigte Weltläufigkeit war in all dem, eine passiv-aggressive Eleganz auf altdeutsch, deren Stil am Geschmack ostelbischer Krautjunker und spätmittelalterlicher Raubritter geschult war. Diskrete, indirekte Beleuchtung. Ein Hauch von Sandelholz und Zigarren in der Luft, aber nicht zu aufdringlich. Die Tischdecken waren mit Emblemen bestickt, bei denen man zweimal hinsehen musste: Ah ja, also doch Reichsadler mit Hakenkreuzen. Hier allerdings kein Hitler an der Wand.

Der sensible SS-Mann stand mitten im Raum und zeigte schüchtern auf eine Sitzgruppe. Dann legte er seine Mütze auf den Teetisch. Wolf achtete beim Hinsetzen auf die Ausrichtung der Kamera, die an seiner Seite hing. Sie sollte den Oberkörper des SS-Manns einfangen.

»Ich bin der Max«, sagte ihr Gastgeber mit hängenden Schultern. Er sah jetzt wie ein verkleideter Schulbub aus. »Eigentlich studier ich Geschichte. In Erlangen. Also, da war diese Anzeige im Internet. Dass man sich melden kann, wenn man geschichtsbegeistert ist. Für ein Projekt aus der Zeitgeschichte. Gute Bezahlung, angenehmes Arbeitsumfeld und so weiter. Man musste nur ein paar Monate Zeit haben. Spätere Festanstellung nicht ausgeschlossen. Und jetzt bin ich hier mit diesem Nazikram, und der Zug steht seit gestern im Stau, und ich weiß nicht, was ich machen soll.«

»Max«, sagte Katja mit weicher Stimme. »Sie wollten also nur Geld verdienen, ja?«

»Oh weh«, dachte Wolf. »Pass bloß auf, Max. Hier kommen Verständnis, Einsicht und Trost. Du wirst jetzt weichgekocht.«

»Genau«, sagte Max. »Ich hab ein bisschen Schulden, und ich dachte, ich muss da was machen. Wirkte auch gar nicht so verrückt. Nazizeit, Rollenspiel, so eine Art Fremdenführer für zeitgeschichtlich Interessierte, Kontext Eisenbahn. Italienische Firma. Haben mich nach München eingeladen, gutes Hotel und so weiter, ein bisschen Interview und Kostümprobe, und das war's.«

Er schaute Katja mit großen Augen an.

»Also das mit der Uniform, das war mir schon unangenehm. Mit Nazizeug hab ich nichts zu tun! Aber dann dachte ich wieder: 4 000 Euro pro Monat, so viel hab ich ja noch nie verdient. Das mach ich in den Semesterferien, und von den Schulden ist ein Teil erstmal weg. Aber dass das so wird ... dass das so wird ...«

Katja nickte einfühlsam. »Hm. Hm. Sie sind von irgendwelchen Italienern als Fremdenführer für diesen Nazi-Erlebnispark auf Rädern angeheuert worden. Und jetzt hängen Sie drin. Was ist das für ein Zug?«

»Der Zug hier, das ist der Privatzug von Hermann Göring. Hieß zuerst ›Asien‹ und dann ›Pommern I‹. Also fast alles Nachbau. Bis auf den Salonwagen. Hier, wo wir sitzen. Das ist der Originalwagen. Adenauer ist nach dem Krieg gern damit rumgefahren. Sogar Brandt auch noch. War zuletzt im Haus der Geschichte in Berlin, und die wollten ihn dann irgendwann loswerden. Wenn ich das richtig versteh, haben die Italiener erst den Salonwagen hier gekauft, dann den Zustand von 1945 wiederhergestellt und dann alles drumrum nachbauen lassen.«

Ein verstohlener Seitenblick von Katja, und Wolf hob nur leicht die Schultern, auch wegen der Kamera. Woher sollte er denn wissen, ob das alles stimmte?

»Göring«, sinnierte Katja dann. »Göring ...«

»Warum ist Ihre Uniform grau?«, fragte Wolf.

»Die Italiener sind ziemlich detailversessen. Ich bin nicht von der allgemeinen SS, sondern vom Reichssicherheitsdienst. Also nicht SD, was sie vielleicht denken, Heydrich und so. Der RSD machte Begleitschutz für die großen Tiere. Hitler hatte seine Züge, Himmler auch, und Göring. Ich soll vom RSD sein.«

»Und jetzt wissen Sie nicht, wie Sie wieder aus dem RSD rauskommen, oder?«

»Ich hab keine eigenen Kleider dabei«, sagte Max leise. »Wollten die nicht. Hab nur drei Uniformen. Wie die hier.«

»Ich kann mir vorstellen, wie unangenehm Ihnen das alles ist«, sagte Katja verständnisvoll, die noch nie in ihrem Leben eine Uniform getragen hatte. Aber wer fuchsteufelswilde Bauherren von Einfamilienhäusern mit einer Tasse Kaffee beruhigen konnte, der kam auch mit SS-Männern klar. »Ich muss zugeben, dass ich neugierig bin. Vielleicht zeigen Sie uns erst mal den Rest des Zuges?«

Wolf schloss kurz die Augen. Sie ließ einfach nicht locker.

Max fand die Idee gut. Sein Rücken straffte sich, seine Augen wurden lebendig.

»Meinen Sie?«, fragte er Katja. »Weil, das ist schon interessant. Ich mein, ich wusste ja schon vorher ein bisschen was über Göring, aber ... Sie werden ja sehen.«

Er setzte sich die Mütze auf, und los ging's.

Wolf fragte ihn scheinheilig, ob er Fotos machen dürfe, und Max sagte: »Ja klar, aber nicht von mir.«

Und sie sahen einen Wagen nach dem anderen. Der Konferenzwagen mit dem langgestreckten Tisch (riesiger Hitlerschinken an der Wand hinter dem Kopfende des Tischs). Sie sahen die Badewanne Görings, die in fünf Jahren mehrfach vergrößert werden musste, genauso wie das Bett des Reichsfeldmarschalls. Max erzählte, dass Göring den Zug gern auf offener Strecke anhalten ließ, um zu baden: Im Stillstand schwappte das Wasser nicht hin und her. Der Speisesaal Görings war der Speisesaal eines dicken Gottes in Walhalla, nach den Maßstäben der Deutschen Reichsbahn. Der Bibliothekswagen. Es gab Mannschaftsunterkünfte, die natürlich deutlich einfacher gehalten waren als Hermanns Schlafgemächer, eher wie normale Schlafwagenabteile mit Viererbelegung. Nur der kommandierende Offizier hatte eine Einzelkabine, und die zeigte Max auch vor, weil er dort wohnte. Die Enge war bedrückend, aber mehr Komfort als seine Untergebenen hatte Max schon. Es gab einen Wagen voller Spinde für die Mannschaften und einen zweiten Gepäckwagen für den Reichsfeldhermann. Max erzählte und erzählte und erzählte. Über Dieselgeneratoren für die Stromversorgung. Über ein zuginternes Telefonnetz, das damals mit dem der Reichspost gekoppelt werden konnte und jetzt unauffällig durch eine supermoderne mobile Internetanlage ersetzt worden war. Über die beiden Flakwagen.

»Flakwagen?«, fragte Wolf entgeistert.

»Ja, einer vorne und einer hinten. Je mit zwei Vierlingsflaks, Kaliber 20 Millimeter. War Standard auch bei anderen Panzerzügen.«

Wolf begriff: Das missratene Haus für kurzgewachsene Menschen war eine rollende Flakstellung für die Leute gewesen, die den dicken Hermann gegen Flieger verteidigen durften. Max entschuldigte sich dafür, dass er ihnen die Flakwagen nicht zeigen konnte, weil er dafür keine Schlüssel hatte. Was Wolf sofort von Klonsoldaten fantasieren ließ, die in den missratenen Häusern seit 1945 auf den Einsatz warteten, tief schlafend.

Unvermittelt fragte Katja: »Wer soll eigentlich den Göring machen?«

»Den Göring?« fragte Max zurück. »Irgend so ein deutscher Provinzschauspieler. Fiedler oder Fegler. Ist auch sehr dick und Göring ziemlich ähnlich.«

Dann verfiel er wieder in seinen Vortragsmodus und schleuste Wolf und Katja in einen weiteren Waggon. Wolf war müde, die Tragriemen des Rucksacks schnitten in seine Schultern, in seine Schlüsselbeine, sein schlechtes Knie beschwerte sich. Auch Katjas Interesse hatte abgenommen, das war deutlich zu sehen. Sie berührte Max am Oberarm, was ihn sofort zum Schweigen brachte.

»Das war sehr interessant. Sehr interessant. Wir danken Ihnen für Ihre Zeit und Ihre Mühe.«

»Gerne«, murmelte Max, der offensichtlich noch so viel zu zeigen und zu erzählen hatte, von den Flakwagen abgesehen, für die er ja keine Schlüssel hatte. »Gern geschehen.«

»Jetzt bleibt natürlich noch die Frage, wie Sie aus diesem verdrehten Fremdenführer-Ding wieder rauskommen.« Sie hatte plötzlich ein paar Geldscheine in der Hand und hielt sie Max hin.

»Hier sind 300 Euro. Mein Vorschlag: Sie ziehen alles aus, was ein Hakenkreuz dran hat und laufen zurück nach Keilenz. Ist nur ein paar Kilometer entfernt. Dort kleiden Sie sich neu ein, und dann schlagen Sie sich nach Deutschland durch.«

Max sah wieder Wolf an und dann Katja. Er schluckte. Dann schüttelte er den Kopf.

»Ich muss hierbleiben. Das kann ja nicht ewig dauern mit dem Zugstau hier. Ich brauch den Job.«

Katja nickte.

»Also gut. Dann wünsche ich Ihnen für die Zukunft nur das Beste.«

Sie steckte die Geldscheine sorgfältig wieder ein.

Max winkte ihnen zum Abschied, und sie winkten beide zurück.

Katja und Wolf benutzten für eine Weile wieder die Feldwege am Bahndamm, weil sie frische Luft wollten und von der Wanderung durch die Züge eine Pause brauchten. Sie redeten nicht viel, bis Wolf das bedrückte Schweigen brach.

»Das ist das Problem mit den Nazis. Sie machen die Leute bis heute verrückt.«

Katja schnaubte. »Das ist *ein* Problem mit den Nazis. Nur eins von vielen.«

»Hättest du ihm das Geld wirklich gegeben?«

Katja hielt an und sah Wolf direkt ins Gesicht.

»Ich war mir sicher, dass er es nicht nehmen würde. Wolf, ich glaube diesem Max kein Wort. Der ist genauso ein Nazi wie seine Vorfahren, alle miteinander. Der wusste alles von dem Zug. Hat die Uniform getragen wie ein Profi.

Wer das Geld hat, so ein Unternehmen auf die Beine zu stellen – was meinst du, wie der seine Mitarbeiter durchcheckt? Ich geb diesem Max eine Möglichkeit zum Aussteigen, und er lehnt sie sofort ab. Vielleicht stimmt das mit den Schulden, vielleicht auch nicht. Aber Max ist ein Nazi. Und seine Unsicherheit kommt daher, dass er nicht weiß, ob er mit dem Zugstau sein Stalingrad schon erlebt hat.«

Wolf hörte ihr zuerst verwundert und dann bestürzt zu.

»Da hast du genauer hingesehen«, sagte er.

Sie lächelte. »Vielleicht. Aber vielleicht ist auf der Speicherkarte deiner Kamera alles so richtig genau drauf.«

»Das zeigt sich«, meinte Wolf, und sie gingen weiter.

Wenig später begegneten sie einer Gruppe von jungen Frauen, die in Gegenrichtung unterwegs waren. Sie trugen für den kühlen Frühlingsnachmittag zu leichte Kleider, dünne Pullöverchen, weite T-Shirts, kurze Röcke. Wolf sah, dass sie alle hübsch und professionell geschminkt waren. Anscheinend sprachen sie miteinander Russisch.

»Was war das jetzt wieder?«, fragte er Katja, als die jungen Frauen ihn nicht mehr hören konnten.

»Ich will's gar nicht wissen«, gab sie zur Antwort.

Der nächste Zug bestand nur aus zwei weißgelben Waggons und einer Lok. An der Seite trugen die Waggons den Aufdruck »Fahrwegmessung«, und auch die Lok war in Weiß und Gelb gehalten. Absurderweise verspürte Wolf so etwas wie Heimweh, als er sich den kurzen Zug ansah. Für ein paar Sekunden blitzte die Idee auf, sich in einem solchen Zug wohnlich einzurichten und dann für immer kreuz und quer durch Europa zu fahren, ohne Flakwagen, ohne Sicherheitsdienst. Er würde den hinteren Wagen nehmen, Katja den vorderen; sie würden immer unterwegs sein, wortwörtlich immer auf Achse. Katja wollte gerade zu einer der Waggontüren hochsteigen, da ging in beiden Waggons das Licht an. Jemand war zu Hause. Kein Platz für Romreisende.

Mehr Glück hatten sie mit einer einzelnen Lok hundert Meter weiter. Sie war signalrot und stand da mutterseelenallein und still auf den Schienen; abgehängt, abseits, ein Sonderling. Von der Bauform her erinnerte sie Wolf an die Rangierloks, die er auf den Industriegleisen des provinzstädtischen Bahnhofs gesehen hatte, an dem er als Schüler immer ausgestiegen war. Nur waren die Loks damals alt, schmutzig und zerkratzt gewesen; Arbeitstiere, die schon viel, viel bessere Zeiten gesehen hatten. Die hier hatte kaum ein Stäubchen auf dem Häubchen, der Lack schimmerte, die Beschriftungen waren tipptopp. Und bei genauerem Hinsehen saß das Führerhaus doch ein gutes Stück weiter hinten als bei den Loks von damals.

»Das ist wahrscheinlich wirklich eine Überführung«, sagte er zu Katja. »Irgendjemand vermisst gerade schmerzlich eine neu gekaufte Rangierlok, vor allem jetzt, wo man die ganzen gestauten Züge von der Strecke bekommen müsste.«

»Gerade gut genug für uns«, sagte Katja und stieg die steile Treppe zum Führerhaus hoch.

Das war ziemlich eng, die beiden hatten mit ihren Rucksäcken knapp Platz. Nein, keine Übernachtungsoption. Aber zum Ausruhen und zum Sichten der Filme von Max, dem Nazi, war der Standort ideal. Außerdem stellte sich heraus: Aus irgendeinem Grund war das mobile Internet auf der Balustrade, die fast den ganzen, massiven Lokkörper umgab, außerordentlich schnell. Wie gerufen kamen die Steckdosen, die noch unter Batteriestrom standen. Wolf sichtete die Videos aus Asien und Pommern. Sehr gute Qualität, nur hier und da verwackelt. Manche Standbilder aus den Filmen würde man wegen der hohen Auflösung auch als Fotos benutzen können. Katja surfte draußen im Internet.

Als Wolf das Führerhaus verließ, um alle Fotos und Filme, die er bisher gemacht hatte, in die Cloud hochzuladen, sagte Katja zu ihm: »Österreich hat wegen des Zugstaus seine Grenzen geschlossen, genau wie Italien. Anscheinend sind auch das Internet, das Telefonnetz und der Postverkehr gestört.«

Sie wischte auf ihrem Smartphone herum. »Das Gegengleis ist so leer ...«, sagte sie und zitierte dann: »... weil Softwareprobleme mit der Signaltechnik im Tunnel die Gegenstrecke schon kurz nach Mitternacht blockiert haben, zur verkehrsärmsten Zeit. Hm.« Sie öffnete einen anderen Artikel. »Wenn ich das richtig lese, hat sich im Tunnel von italienischer Seite aus noch was aufgestaut, aber dann war in der Gegenrichtung Schluss.« Sie las wieder ab: »Die Tunnel-Signaltechnik ist mit den österreichischen Systemen verbunden, so dass sich die Probleme ab dem Innsbrucker Tunnelausgang wie in einer Kettenreaktion auf die ganze Folgestrecke ausgeweitet haben.«

»Softwareprobleme? Soll das Ganze eine Hacker-Aktion sein?«

Katja zuckte mit den Achseln. »Da steht hier nichts von. Auf jeden Fall kam der Schlamassel auf unserer Seite erst später an. Beide Länder haben den Krisenfall ausgerufen.

Auch der einsetzende Katastrophentourismus hat das nötig gemacht, sagen sie.«

»Katastrophentourismus?«

»Leute sind nach Österreich und Italien aufgebrochen, um sich den Zugstau anzusehen.«

Wolf nickte. »Ich selbst«, sagte er, »fühl mich noch gar nicht so katastrophentouristisch. Vielleicht dann, wenn wir über den Tunnel Italien infiltrieren.«

Katja grinste. »Das zeigt sich.«

Sie luden die Akkus ihrer Geräte und die Reserveakkus auch. Technik war wundervoll, wenn sie funktionierte. Als sie gingen, nahm Wolf von der Lok Abschied, indem er einen ihrer Puffer tätschelte.

»Pufferküsser!« sagte Katja, und beide lachten.

In dem österreichischem Zug, der als nächster anstand, war einiges an Material zurückgelassen worden, und das meiste davon ließ darauf schließen, dass es sich um einen Sonderzug für Pilger handelte. Zeitungen mit frommen Titeln, Kreuzen und Engeln, zwei Rosenkränze (einer aus abgegriffenem Holz, ein anderer aus schwarzem Onyx), ein Gebetbuch, das dieses spezielle Parfum des gelebten Katholizismus verbreitete, eine Kinderbibel mit Illustrationen, die gleichzeitig fröhlich und streng sein sollten, und eine Packung Kondome, die bei der Flucht der Pilger und Pilgerinnen wohl aus irgendeiner Tasche gefallen war: Das war die Bilanz schon der ersten beiden Waggons.

»Was meinst du?«, fragte Wolf Katja. »Haben wir den Zug gefunden, mit dem die jungen Russinnen unterwegs waren?«

»Sei nicht albern«, antwortete sie, grinste aber doch.

»Ich mein ja nur. Vielleicht haben sich die Pilger ein paar Russinnen gemietet, damit es auch lustig ist.«

»Was du dir immer zusammenspinnst«, gab Katja zurück und grinste weiterhin.

Plötzlich flackerte es blau, und bei Wolf wurden alte Instinkte wach.

»Runter!«, sagte er und zog Katja mit sich zu Boden. »Polizei!«

Das Flackern wurde stärker, dann knallte ein Flutlicht durch die Fenster, taghell.

»Achtung, Achtung!« schepperte es aus einem quietschenden Lautsprecher. »Hier spricht die österreichische Militärpolizei, Einsatzeinheit Salzburg. Aufgrund der aktuellen Lage überprüfen wir, ob sich Zugreisende im sogenannten Zugstau in einer Notlage befinden. Daher die Frage: Befinden sich in diesem Zug Reisende in einer Notlage? Brauchen Reisende in diesem Zug medizinische oder veterinärmedizinische Unterstützung? Ist die Versorgung mit Wasser, Grundnahrungsmitteln und sanitären Einrichtungen derzeit gewährleistet? Alle Personen in diesem Zug, die sich in einer Notlage befinden, bitten wir dringend, auf sich aufmerksam zu machen!«

Das Licht des Scheinwerfers wanderte durch den Waggon, vor und zurück. Wolf wagte es. Er streckte sein Smartphone vorsichtig zum Fenster hoch, gerade so weit, dass die Kamera über die Kante ragte. Blaulichter und Scheinwerfer erschienen auf dem Bildschirm. Eine Wagenkolonne auf der Straße direkt an der Bahntrasse: weiß-rote Autos mit der Aufschrift »Militärpolizei« und sehr viel massiver wirkende Truppentransporter in Olivgrün, mit einem Waffenturm auf dem Dach.

»Ladies and gentlemen«, quietschte der Lautsprecher, und die Ansage von vorher wurde in fragwürdigem, stark akzentuiertem Englisch wiederholt. Als der arme österreichische Militärpolizist sich durch den Text gequält hatte, flüsterte Katja:

»Sänk ju for träwwelling wis Deutsche Bahn.«

Wolf musste sich sehr anstrengen, nicht loszuprusten, aber er konnte sich beherrschen. Das war gut so, denn möglicherweise hätte die Einsatzeinheit Salzburg der österreichischen Militärpolizei sonst angenommen, dass er sich in einer Notlage befand. Das Flutlicht erlosch. Die Fahrzeugkolonne draußen trollte sich.

Der Hauptbahnhof Innsbruck war am anderen Morgen schlecht gelaunt. Oder vielleicht ging die schlechte Laune eher von Wolf selbst aus. Die Nacht war hart gewesen; sie hatten in einem Waggon der S4 Innsbruck–Kufstein geschlafen, und die Sitze hatten Wolfs Rücken gehörig verschoben und verdreht. Dazu machte sich das Zugwandern mit Rucksack deutlich bemerkbar. Wolf war an das Herumtragen von Kamerataschen und -rucksäcken schon gewöhnt, aber nicht tagelang. Der Morgen knirschte. Ihm ging auf die Nerven, dass Katja ziemlich ausgeschlafen und zufrieden wirkte. Das Frühstück ging ihm auch auf die Nerven, weil das Zeug vom Bahnhofsbistro wie die Reste von letzter Woche schmeckte. Katja genoss die pappig-süße Erdbeermarmelade sichtlich. Er sann auf Rache.

»Hör mal!«, sagte Katja in seine düsteren Gedanken hinein.

Wolf riss sich zusammen und hörte. Eine schwer verständliche Ansage schepperte durch die lange Halle. Wolf musste den Sinn aus einzelnen, hergewehten Satzfragmenten zusammenleimen. Der Innsbrucker Flughafen bot eine begrenzte Zahl von Sonderflügen für Bahnreisende an, die in und um Innsbruck gestrandet waren. Angeblich gab es sogar eine Shuttle-Verbindung vom Bahnhofsvorplatz.

»Hm«, sagte Katja. »Ich schlage vor, wir machen das so: Wenn wir durch den Tunnel nicht durchkommen, nehmen wir den Flughafen.«

Wolf nickte unter Schmerzen. »Wir sind nicht auf *die* Art hergekommen, um auf *die* Art wieder zu verschwinden.«

Katja zog amüsiert eine Augenbraue hoch: »Kernig, kernig!«

Wolf lächelte und sagte dann: »Ich geb dir gleich kernig.«

Noch amüsierter nahm Katja die Arbeit an ihrem croissant-ähnlichen Gegenstand wieder auf und verschlang ihn ganz.

Wolf war dann doch überrascht, wie gut sich sein 400-Millimeter-Objektiv als Spionageinstrument eignete. Der Wachposten am Eingang des Tunnels, gleich bei den Gleisen, neben einem orangefarbenen Zug, bestand offensichtlich ebenfalls aus österreichischer Militärpolizei. Die Schrift an den Autos ließ sich genauso klar erkennen wie die Waffentürme auf den Truppentransportern. Möglicherweise der gleiche Haufen wie vom Abend vorher. Er hatte nachgesehen. Die Militärpolizei nannte die olivgrünen Fahrzeuge, mit denen sie herumfuhr, »Husaren«. Das fand er gleichzeitig grausig und komisch, wie viele österreichische Spezialitäten.

Katja prüfte die Bilder auf dem Tablet mit gerunzelter Stirn.

»Von hier aus sehen wir nicht auf die andere Seite des Zuges, aber ich gehe jede Wette ein, dass dort ein paar von ihren Kollegen herumlungern. Wenn sie auch das Innere des Zuges überwachen, haben wir verloren.«

»Was machen wir, wenn sie uns erwischen?«

»Wir sagen ihnen die Wahrheit: Dass wir nach Rom wollen.«

»Und wenn sie uns einfach erschießen?«

»Dann sterben wir wie Menschen, die wenigstens einen Plan hatten. Los jetzt.«

Die orangefarbene Schlange machte eine Kurve, bevor sie in den Tunnel eintrat. Das war sehr gut, denn so konnten sie weder von dem Wachposten rechts des Zuges noch von dem linker Hand beobachtet werden, als sie sich heranschlichen und einstiegen. Diesmal war ihnen völlig egal, woher der Zug stammte. Sie mussten sich darauf konzentrieren, ihn als stehendes Schleusungsvehikel für zwei bewegliche Eindringlinge zu benutzen. Langsam, langsam arbeiteten sie sich vor, um nicht eventuelle Streifengänger der Wachposten durch irgendwelches Gerumpel zu alarmieren, und das nervte Wolf, weil er lieber ganz schnell durch diese Situation durchgerannt wäre, wie bei verschiedenen anderen Gelegenheiten, in denen er etwas völlig Verrücktes und Tollkühnes getan hatte. Einen Waggon vor dem Kontrollpunkt ging Katja in die Knie.

»Gib mir dein Einbeinstativ«, sagte sie.

»Du irrst dich, wenn du glaubst, dass du damit österreichische Militärpolizisten beeindrucken kannst. Sie haben das Steyr AUG A3, ein sehr zuverlässiges Schnellfeuergewehr. Das wäre ein ungleicher Kampf.«

»Red keinen Stuss«, sagte Katja. »Wir müssen robben. Auf dem Bauch liegend kann ich die Türöffner nicht bedienen.«

»Wir müssen robben? Mit den Rucksäcken auf dem Rücken?«

»Was dachtest du denn? Wenn wir da einfach durchlatschen, sehen die uns doch sofort. Wir müssen robben, und ich muss die Türen aufkriegen. Jetzt rück das Stativ raus.«

Wolf öffnete seinen Rucksack und grub nach dem Stativ.

»Dir ist schon klar, dass wir mindestens zwei Tage keine Dusche sehen, wenn wir erstmal im Tunnel sind«, sagte sie und sah ihn grimmig an. »Willkommen zum anstrengenden Teil unseres Urlaubs.«

»Anstrengend« war die Untertreibung des Jahres. Nach einem halben Waggon hatte Wolf schon keine Puste mehr, und sein Rücken fühlte sich an, als würde er bald durchbrechen. Schon seltsam, dass ein normaler Tramperrucksack wie ein Felsbrocken wirken konnte, wenn er nicht mehr von den Schultern runterhing und auf den Hüften aufsaß. Der Mensch war definitiv nicht zum Robben geschaffen. Das machten nur Robben wirklich gut. Und Soldaten. Auch Katja hatte ihre liebe Not. Wenn es auch immerhin möglich war – vom Boden aus die Druckknöpfe an den Türen mit dem Stativ so zu treffen, dass die sich öffneten, war ein Scheißjob. Das Stativ immer wieder auszufahren und zusammenzuschieben machte ihn nicht leichter. Wenn Wolf vor den Türen den Kopf so weit hob, wie es nur ging, konnte er das rote und verschwitzte Gesicht seiner Frau sehen. Manchmal musste er einfach was flüstern.

»Wir ruinieren unsere Klamotten, weißt du.«
»Funkstille.«
»Ich hatte mal einen Freund, der ...«
»Bist du jetzt still!«
»Hoffentlich übersteht das mein Fotokram.«
»Noch ein Wort, und ich schlag dich mit dem Stativ.«

Kurz nachdem sie das zurückgezischt hatte, öffnete sich eine der Türen des Waggons. Schritte in der anderen Waggonhälfte, jenseits der Tür, die sie eben durchrobbt hatten. Schwere Stiefelschritte, genau hörbar. Klonk, klonk, klonk. So schnell sie konnte, kroch Katja in den Zwischenraum zwischen zwei Sitzbänken, zog die Beine an, presste ihren Rücken an die Wand. Wolf machte es ihr nach. Er sah ihre schreckgeweiteten Augen. Sie hielt den Zeigefinger vor ihre Lippen.

Klonk, klonk, klonk.

»Hier ist doch keiner. Wieso soll hier einer sein?«

Der österreichische Akzent war so dick, man hätte ein Butterbrot damit bestreichen können.

»Aber die Tür hat sich bewegt. Ich hab's genau gesehen!«

»Da spinnt doch bloß die Elektronik. Irgend so ein Chinadreck. Bald hamma Ablösung. Komm jetzt.«

Schritte, die sich entfernten. Eine Waggontür, die satt ins Schloss fiel. Es dauerte ein paar Minuten, bis Wolf wieder normal atmen konnte.

Wolf spürte und sah, wie der Schweiß von seiner Stirn den Weg durch seine Augenbrauen nahm, auf die Innenseite seiner Brille heruntertropfte, sich dort eine Weile sammelte, ein bisschen hin- und herschaukelte und dann zu Boden abfloss. Fakt war, er robbte durch seinen eigenen Schweiß, der sich auf dem Fußboden eines Zuges mit dem Staub einer Legion von Zugfahrer-Schuhen vermischt hatte. Das Gewicht des Felsbrockens auf seinem Rücken wuchs und wuchs.

Wolf hatte unangenehme Fantasien. Zum einen stellte er sich vor, dass seine Frau eigentlich gar nicht die sei, die sie zu sein vorgab. Sie war gar nicht Katja Karwen, die Architektensekretärin, sondern eine stahlharte, in tiefgekühlten russischen Ausbildungslagern trainierte Agentin, der es nichts ausmachte, auf dem Bauch von Innsbruck nach Rom zu robben. Dummerweise hatte sie ihn, Wolf, jahr

zehntelang als genehme Tarnung benutzt, und jetzt, hier, auf diesem Zug-Fußboden der Tatsachen, zeigte sie ihr wahres Ich, Zugabteil für Zugabteil. Wenn sie in Rom auf dem Bauch ankamen, würde sie aufspringen wie ein Reh, sagen: »Ich heiße in Wirklichkeit Tatjana«, und ihm, der japsend und mit durchgescheuerten Kleidern auf dem Bauch lag, in den Hinterkopf schießen. Weiterhin fantasierte Wolf, dass der Brennertunnel eine gigantische, endlos tiefe Betonmöse war, in der sie beide, Katja und Wolf, als planlose Spermien herumrobbten, um vielleicht doch noch irgendwas zu befruchten. Das war besonders lächerlich, weil Wolf genau wusste, dass seine Restfähigkeit, als alternder Mann noch zu befruchten, nach dieser Schleif- und Rutschpartie endgültig Geschichte war. Bye-bye, ergebnisorientierter Geschlechtsverkehr.

Das konnte doch nicht sein, dass die immer weitermachte. Dass sie ihn zwingen wollte, um einen Abbruch der Robberei zu betteln! Das konnte doch alles nicht wirklich sein.

»Kat-ja«, würgte er schließlich hervor, mit trockener Kehle. »Wir müssen doch jetzt schon ... jetzt schon tief im Tunnel sein. Tief drin.«

Die Rutsch- und Schleifgeräusche von weiter vorne hörten abrupt auf.

»Ich liebe dich«, keuchte Katja zurück.

»Das ist ganz wunderbar. Aber wenn wir nicht bald ausruhen können, bleib ich einfach hier liegen. Dann bist du mit deiner Liebe in Rom und ich mit meiner im Brennertunnel. Wanderer, kommst du nach Sparta, sage, du habest mich liegen gesehen, wie die Katja es befahl.«

»Blödmann, blöder.« Ihr Atem hatte sich immer noch nicht beruhigt. Sie war eben nicht fitter als er, sondern nur viel, viel hartnäckiger. Wahrscheinlich hieß sie eben doch Katja und nicht Tatjana.

»Also gut«, ächzte sie. »Bis zum nächsten Ausgang. Dann raus in den Tunnel.«

Als sie beide eine Weile lang japsend und zitternd vor der Tür nach draußen gekniet hatten, flüsterte Katja: »Leise sein. Wir sind noch nicht so weit von den Wachposten weg.«

Mit zerschlagenen Körpern, vorsichtig, leise ächzend, kletterten sie runter in den Tunnel. Der war gar nicht so dunkel, wie sie vermutet hatten; mehrere durchgängige Lichtbänder an den Seiten und an der Decke leuchteten die Röhre ziemlich gut aus. Nicht taghell, das nicht, wozu auch, aber doch heller, als es bei Bahntunneln üblich war. Wolf erinnerte sich vage daran, dass das Beleuchtungssystem – so wie andere Hilfssysteme des Tunnels – seinerzeit als Quantensprung in der Bahntechnik angepriesen worden war. Die Kurve, die sie vor dem Tunnel der Aufmerksamkeit der Wachposten entzogen hatte, half ihnen auch hier. Der

Tunneleingang war von ihrer Position aus kaum noch zu sehen, so verstellt war er von dem Zug selbst und der Krümmung der Strecke. Wahrscheinlich hätten sie einen vollen Waggon früher mit ihren paramilitärischen Übungen aufhören können. »Aber das konntest du ja nicht wissen, Tatjana«, dachte Wolf.

»Also los«, sagte die unermüdliche Katja.

»Warte mal«, hielt er sie auf. Denn er hatte was gehört. Musik. Eine aus großer Ferne herwehende Melodie, echoverzerrt und nicht sehr laut. Auch Katja lauschte jetzt.

»Das klingt nach einem Akkordeon«, sagte sie schließlich.

»Ach, das ist aber nett. Licht und Musik, extra für uns. Kann man's besser haben?«

Seine Frau sah ihn an, und das spöttische Mitleid in ihrem Gesicht machte sie zwar schön, aber es galt ihm.

»Mein armer schwarzer Kater«, sagte sie. »Hättest du lieber Musik ohne Licht? Oder wär das nicht vielleicht ein kleines bisschen unheimlich?«

»Ehrlich gesagt, hätte ich lieber gar keine Musik. Und ich will hoffen, dass das ein vergessenes Radio ist und nicht ein Typ, der mitten im gesperrten Brennertunnel Tango spielt.«

»Das ist ein Ländler, kein Tango. Wolf.«

»Immer nach Ihnen, Madame.«

Ihr zweiter Zug im Tunnel war ein Gegenstück zu der rumänischen Affäre mit all dem Holz, auf die sie mit dem ICE aufgefahren waren. Hier allerdings nur leere Güterwagen. Nicht ein Baumstämmchen. Wie stilisierte Geweihe ragten die metallenen Rungen von den Seiten der niedrig gelegenen Ladeflächen auf. Da die Wagen vorne und hinten offen waren, konnte man von einem zum anderen springen, sogar mit einem Rucksack.

»Auf dem Mond«, sagte Wolf, »gibt es nur solche Züge. Sie fahren rum und rum, durch das Meer der Stille, durch das Meer der Stürme, und nirgends der kleinste Baum, den man fällen und transportieren kann.«

»Die lunaren Forst- und Transportchecker beraten schon lange, was sie machen sollen«, antwortete Katja.

»Der beliebteste Vorschlag im Moment ist, eine Eisenbahn vom Mond bis zur Erde zu bauen.«

»Aber das geht nicht, sie haben ja kein Holz für die Schwellen.«

»Sie könnten Beton aus Mondgestein nehmen.«

»Mensch, Wolf. Mondgestein. Jeder weiß doch, dass der Mond aus grünem Käse ist.«

»Da hast du natürlich auch wieder recht. Die lunare Logistik hat ein Problem.«

Sie waren dem wehenden Klang des Geisterakkordeons näher gekommen. Man konnte mittlerweile nicht mehr überhören, dass sich dasselbe Musikstück immer und immer wiederholte.

»Der lunare Ländler aber auch«, meinte Katja. »Es gibt nur einen einzigen. Eine neue Melodie will und will den vertrockneten Gehirnen der Mondmusiker nicht einfallen.«

Wolf sprang über die Lücke zwischen zwei Wagen und spürte bei der Landung sein schlechtes Knie.

Um den Schmerz zu überspielen, sagte er: »Der Mond ist eigentlich gar kein so schöner Ort. Nicht aus Silber, sondern aus Stinkekäse, keine Holzzüge für schwedische Möbelbauer, und verrückte Akkordeonspieler. Man denkt, man will da gar nicht sein.«

Als Katja sprang, fing er sie auf und drückte sie eng an sich.

Nach einem guten Kuss sagte sie: »Und trotzdem bist du hier, mit mir.«

»Oh ewige Unvernunft der Liebe. Aber im Ernst. Ich will diesem Akkordeontyp nicht begegnen. Was machen wir?«

»Ich habe eine Idee«, sagte seine Frau listig.

Die Idee war die: Es gab in regelmäßigen Abständen Punkte, an denen die beiden Röhren des Tunnels miteinander verbunden waren. »Querschläge« hieß das, wie sich Wolf erinnerte, und er erinnerte sich auch an revolutionäre Konzepte zu Luftzirkulation und Notfallrettung. An einem dieser Querschläge waren sie auf ihrer Mondreise bereits vorbeigekommen, und den nächsten würden sie benutzen, um kontaktlos an dem Akkordeonspieler vorbeizuschleichen, eben in der Röhre, die dem Verkehr in Gegenrichtung vorbehalten war.

Sie hatten Glück. Als der nächste Querschlag kam, war der Akkordeonspieler noch nicht in Sicht. Wolf wollte jetzt noch dringender vermeiden, ihn überhaupt auch nur zu sehen, weil das Programm dann doch noch einen zweiten Welthit aufwies: »We Are the Champions« von Queen. Das Geheul, von dem das Akkordeongedudel jetzt begleitet wurde, konnte man als Gesang interpretieren, aber zwingend war diese Interpretation nicht. Sofort, als sie sich in der anderen Röhre befanden, wurde die Musik leiser, und Wolf atmete auf.

Der erste Zug in Gegenrichtung wirkte leicht veraltet, aber gut in Schuss, und trug keine Markierungen, die ihn irgendeinem speziellen Land oder einer speziellen Eisenbahn zugeordnet hätten. Das fand Wolf schon mal merkwürdig. Noch merkwürdiger fanden er und Katja aber die

Innenarchitektur des ersten Waggons. Es gab nicht eine einzige Sitzbank. Überall, wo Sitzbänke hätten sein können, befanden sich leere, hüfthohe Käfige. Das Tunnellicht, das durch die Fenster hereinschien, reichte dafür nicht aus, aber ihre Taschenlampen brachten Gewissheit: Die Käfige bestanden aus fingerdicken, gebogenen und miteinander verschweißten Metallstäben. Sie hatten kleine Eingangstüren, die aktuell geschlossen und jeweils mit zwei massiven Vorhängeschlössern gesichert waren.

»Passend für große Hunde«, flüsterte Wolf.

»Oder für Menschen«, meinte Katja, ebenfalls flüsternd. »Wenn sie sich nicht bewegen sollen.«

Sie ließen die Taschenlampen noch einmal schweifen, und in einem der Käfige entdeckten sie eine angetrocknete Lache von einer unbestimmten Flüssigkeit. Ohne ein weiteres Wort verließen sie den Zug wieder.

»Manches will man gar nicht wissen«, sagte Katja.

»Vieles kann man gar nicht wissen wollen«, antwortete Wolf.

In diesem Augenblick surrte etwas laut über ihre Köpfe hinweg. Erschrocken sahen sie dem fliegenden Ding zu, wie es Richtung Tunneleingang verschwand. Wolf ließ die Kamera sinken, die er reflexartig hochgerissen hatte.

Er brauchte ein paar Sekunden, bevor er sagen konnte: »Drohne.«

»Hat sie uns gesehen?«

»Na ja. Wie soll sie uns nicht gesehen haben?«

Katja nickte, und er konnte ihre Trauer sehen. Jetzt waren sie so weit gekommen, und dann fielen sie irgendjemandem auf, der Drohnen durch den Tunnel jagte? Und warum wohl? Um einen Überblick über die Situation zu gewinnen.

Zum Beispiel in Bezug auf Leute, die sich gar nicht in dem Tunnel aufhalten sollten.

»Aber vielleicht«, meinte Katja entmutigt, »interessieren sie sich gar nicht für uns.«

»Vielleicht«, sagte Wolf. »Lass uns einfach weitergehen. Wenn sie uns abfangen wollen, dann fangen sie uns halt ab.«

Katja nickte unfroh. Es war klar, dass sie bis jetzt immer noch an Rom geglaubt hatte.

Lustlos und angespannt gingen sie weiter. Sie kamen an einem Graffito vorbei: ein roter, stilisierter Blitz vor einem rechteckigen, grünen Hintergrund. Wolf sah genauer hin. Dann fasste er die Wand an.

»Das ist ja noch ganz frisch«, sagte er. Seine Fingerspitzen waren grün.

Sie sahen sich um, spitzten die Ohren: nichts. Auch das Akkordeongedudel war nicht mehr zu hören.

»Vielleicht hat der Akkordeonfan auch ein paar Sprühdosen dabei«, meinte Wolf. Es hatte witzig klingen sollen, aber Katja nickte nur.

»Ist nicht so gut hier grade«, meinte sie nach einem Seitenblick auf das Blitzgraffito.

Sie enterten einen ganz normalen italienischen Intercity, und die Kühlschränke im Bordrestaurant surrten noch, so dass sie ihre zur Neige gehenden Vorräte wieder auffüllen konnten.

»Es ist gut, dass es auf dem Mond zu essen gibt.«

»Ohne Essen wäre der Mond ja völlig unerträglich.«

Ihre Laune hob sich, und im vorletzten Waggon trafen sie noch auf ein kleines Rätsel. Mitten im Gang lag ein kleines durchsichtiges Plastiktütchen mit einem weißen

Pulver darin. Katja wollte sich danach bücken, aber Wolf hielt sie zurück.

»Lass das mal lieber. Das ist ein Liebesbriefchen an deine Neuronen.«

»Liebesbriefchen?«, fragte Katja verwirrt.

»Kokain, wahrscheinlich. Vielleicht auch Heroin. Aber eher Koks.«

Er ging in die Knie und fotografierte. Draufsicht, Makro, nicht geblitzt, stark geblitzt, schwach geblitzt. Er arbeitete wie eine gut eingestellte Maschine und war dabei ganz kühl, ganz mechanisch, bis ihm aufging, dass er mehr oder weniger denselben Tanz tanzte wie bei dem Selbstmörder und seiner Pistole. Da musste er einmal schlucken und spürte einen Schwindel, aber mehr nicht.

Als er fertig mit dem Fotografieren war, fragte Katja: »Woher kennst du dich eigentlich mit Kokain aus?«

»Die Story für den Anzeiger damals? Mit dem Dealer aus Feuerbach? Termin im Polizeipräsidium?«

»Aha«, sagte sie, und es klang, als ob sie ihm nicht ganz glaubte.

Im letzten Waggon trafen sie dann auf den Akkordeonmann. Er saß einfach da, auf einer der blauen Sitzbänke, komplett mit Tirolerhut, rot-weiß kariertem Hemd und einem mächtigen, prächtigen Akkordeon auf dem Schoß.

»Hallo!«, sagte er fröhlich. Rotbackig war er auch noch. »Ich bin der Andreas. Soll ich für euch spielen?«

Wolf war zu überrascht davon, dass der Andi auch die Tunnelröhren gewechselt hatte. Katja nicht.

»Natürlich. Spielst du was für uns?«

Der Akkordeonmann strahlte und machte sich sofort ans Werk. Es dauerte ein paar Takte, aber dann erkannte

Wolf, dass es sich um »We Will Rock You« von Queen handeln sollte. Den stampfenden Beat hupte er mit seiner Quetschkommode, den Text heulte er in österreichischem Englisch dazu, so gut es eben ging. Wolf krümmte sich innerlich wie ein gefoltertes Tier, aber er wusste, dass er in der Gegenwart des Wahns seine Qual nicht zum Ausdruck bringen konnte. Die Hupe hupte, der Mann jaulte. Das Gitarrensolo misshandelte der Quetschkopf so arg, dass Wolf tatsächlich der kalte Schweiß auf die Stirn trat. Katja drückte zur Beruhigung seine Hand, und sie drückte so fest, dass es schon schmerzte.

Und dann hörte es auf, genauso abrupt, wie Freddie Mercury das gewollt hatte.

»Wunderbar! Super!«, rief Katja aus, und Wolf sagte: »Ja genau!«

»Als nächstes«, sagte der österreichische Queen-Fan, »kommt ›Sheer Heart Attack!‹ Das ist mein Lieblingslied!«

»Ich hätt jetzt gedacht, dass ›We Will Rock You‹ dein Lieblingslied ist!«, rief Katja aus.

»Alle Lieder von L.E.D. Zeppelin sind mein Lieblingslied!«

Zur Vorbereitung auf seine nächste Darbietung nahm er mehrfach tief Luft. Katja nützte ihre Chance.

»Wir müssen aber jetzt leider gehen!«, rief sie. »Wir haben keine Zeit mehr!«

Und sie waren zur Tür hinaus, bevor der Akkordeon-Orkan einsetzte.

Auf der Flucht sprachen sie so gut wie nichts. Wolf interessierte sich kaum für seine Umgebung, wollte nur Wegstrecke hinter sich bringen, weg von Akkord-Akkordeon-Andi, weg von eigentlich all dem, was sie im Tunnel erlebt hatten, ach nein, halt, das mit dem leeren Holztransport war ja doch ganz schön gewesen. Sie konnten sich nicht sicher sein, dass Andi ihnen nicht irgendwie folgte, nur weil seine Musik nicht mehr hörbar war; diesen Fehler hatten sie ja schon einmal gemacht.

Also stolpern gegen die Fahrtrichtung, schwimmen gegen den Strom. Aber es wurde schwerer, denn es war ja noch gar nicht so lange her, dass sie mit Hinkelsteinen auf den Rücken Meter für Meter vorgerobbt waren, und die Müdigkeit war bald wie ein Bodennebel, der sich mehr und mehr verdichtete. Wolf fielen doofe Parodien auf lyrische Klassiker der deutschen Literatur ein: »Ihm ist, als ob es tausend Züge gäbe / und hinter tausend Zügen keine Welt.« Aber selbst das erschöpfte sich schnell. Katja griff nach einer weiteren Tür eines weiteren ersten Waggons, und Wolf hielt sie auf.

»Wir können nicht mehr so rennen. Ich kann das nicht. Wir müssen uns für die Nacht einrichten.«

Katja ließ den Griff los, stand da, schluckte, nickte.

»Ich wollte nur möglichst weit weg von Andi. Wenn ich ihn noch einmal hören muss, schlage ich ihn tot.«

Sie öffnete die Tür.

»Hier. Wir schlafen hier. Wenn's keine Käfige gibt, oder so was.«

Es gab keine Käfige. Es gab im Gegenteil einen Schlafwagen und genauso ein Schlafwagenabteil wie jenes, in dem sie vor ewigen Zeiten nach Rom aufgebrochen waren. Der Zug gehörte den ÖBB, und er war auf der Rückfahrt von Italien gewesen, als ihn der Stau im neuen Brennertunnel erwischt hatte. Ein echtes Schlafwagenabteil mit echten Betten, wenn auch das Licht und die Klospülung und andere Errungenschaften der Zivilisation nicht mehr funktionierten, aber egal. Die Tür ließ sich absperren.

»Wer hätte gedacht«, flüsterte Katja, bevor sie einschlief, »dass das Problem auf dem Mond nicht die fehlende Luft ist. Sondern die Musik.«

Die abschließbare Tür war ein wahrer Segen. In der Nacht wachte Wolf nur einmal auf. Für eine Sekunde meinte er, das sich entfernende Geräusch der Drohne zu hören, aber dann vermutete er, dass dieses Geräusch einfach aus einem Traum ins Wachbewusstsein herübergeschwappt war. Er lauschte noch eine Weile in die Dunkelheit, hörte aber nur Katjas Atmen und hier und da ein Knacken, das wahrscheinlich von Metall- und Plastikbauteilen des Waggons herrührte, die sich in der kühleren Nachtluft zusammenzogen.

Am anderen Morgen mussten sie sich mit Waschlappen und Mineralwasser waschen. Bleich war ihre Haut im Zwielicht. Während Wolf sich mühselig in der halbdunklen Nasszelle rasierte – der winzige Spiegel ließ gerade so erkennen, an welcher Stelle in seinem Gesicht er herumraspelte – dachte er an die Dynamik der Verwahrlosung. Irgendwo hatte er mal gelesen, dass die echten Probleme bei Hygiene und Ästhetik schon nach drei Tagen ohne Körperpflege anfingen. Katja bekämpfte die Tendenz entschlossener und mit mehr Erfolg. Sie, die sich immer darüber beschwerte, dass ihre Augen langsam beim Schminken nicht mehr mitmachten, wirkte nach einer halben Stunde mit Waschlappen, Mineralwasserflasche und Taschenlampe völlig normal. Er fühlte sich wie ein moderner Höhlenmensch.

Aber immerhin hatte er sich doch rasiert, und das war auch nur gut, denn als sie den Wagen verlassen wollten, in dem sie übernachtet hatten, als sie hinuntersteigen wollten zu dem schmalen Betonband, das sie weiterbringen würde, stand dort ein Mann in Uniform. Die Uniform war blaugrau, das Barett auf seinem Kopf war grün, und er schaute erwartungsvoll zu Katja und Wolf herauf, die in der offenen Tür erstarrt waren. Der Uniformierte hatte auch zwei Freunde mitgebracht, die im Gegensatz zu ihm je ein Sturmgewehr trugen.

»Na«, sagte er, »gut geschlafen?« Der italienische Akzent war zwar hörbar, aber nicht sehr stark. »Ich helfe Ihnen herunter, Signora.« Er bot Katja seinen Arm an, und sie ließ sich von ihm führen. Wolf schaffte es allein.

»Willkommen in Italien«, sagte der Mann.

Und sie marschierten los. Einer der Bewaffneten ging voraus, einer folgte ihnen. Wolf war so erschüttert, er konnte nichts sagen, nicht protestierten, nur gehorchen. Der Weg war nicht lang, er endete an einem militärisch grün gestrichenen Schienenbus, mit dem die Soldaten offenbar von der italienischen Seite her in den Tunnel eingefahren waren. Das Innere des Schienenbusses war hell erleuchtet, und es befanden sich noch mehr Soldaten mit blaugrauen Uniformen und grünen Baretten darin. Sie nahmen Haltung an, als der Anführer mit Wolf und Katja im Schlepptau auftauchte. In dem Schienenbus gab es ein Abteil mit Tischen und Sesseln, das wie ein kleiner Besprechungsraum aussah; an einer der Querwände hing sogar eine Tafel. Der Offizier bat Katja und Wolf, Platz zu nehmen. Nur einer der beiden Bewaffneten blieb mit ihnen in dem Abteil zurück.

Der Soldat lächelte freundlich. Ohne die Wache hätte die ganze Situation entspannt und friedlich wirken können.

»Ich bin Capitano Gianfranco Fontana von der Guardia di Finanza. So eine Art Gemisch aus Polizei und Armee, nicht wahr? Normalerweise kümmern wir uns um Steuern, Schmuggel und Küstenschutz, aber im Krisenfall auch um die Grenzsicherung an Land.«

»Hat es einen Putsch in Italien gegeben?«, fragte Wolf.

Katja stieß ihn unter dem Tisch leicht mit dem Knie an. Wolf fand das nur zu berechtigt. Seine Frage war ihm einfach so herausgerutscht.

»Putsch?«, fragte Fontana überrascht zurück. »Nein. Wir haben jedes Jahr eine neue Regierung, aber wann war unser letzter Putsch? Borghese 1970? Mussolini? Ach, Sie meinen wegen der Grenzschließung? Da geht's um was anderes. Kein Putsch, nein.«

Er schaute sie offen und neugierig an. Glattrasiert. Intelligente, graue Augen. Für einen kommandierenden Offizier war er ziemlich jung.

»Warum sind Sie hier?«, fragte er.

Wolf wusste nicht recht, was er darauf antworten sollte, Katja offenbar auch nicht.

»Seit Sie beide die Österreicher überlistet haben, indem sie auf dem Bauch durch diesen Zug gerutscht sind, fragen wir uns hier: Was sind denn das für komische Gestalten? Wo kommen die denn her, und vor allem, *wie* sind die hierhergekommen, bei dem ganzen Verkehrschaos in Österreich und so weiter?«

»Die Drohne war von Ihnen?«

»Ja klar, aber da hatten wir sie noch gar nicht im Einsatz. Manche Züge haben Überwachungskameras, manche nicht.

Der, in dem sie herumgerobbt sind, hatte welche. Erstaunliche Aufnahmen, wirklich. Aber ich brauche jetzt ein paar Antworten. Wer sind Sie? Woher kommen Sie? Was wollen Sie in Italien?«

Katja hatte den Kopf gesenkt, aber als sie sprach, hob sie ihn. »Ich bin Katja Karwen, Sekretärin.«

»Erfreut, Signora.«

»Ich bin Wolf Trebbing, Fotograf. Wir kommen aus Stuttgart. Wir sind Touristen.«

»Ah ja«, sagte Fontana zögernd, als lauschte er diesen Auskünften nach.

»Als der Stau kam«, sagte Katja, »da in dieser österreichischen Ortschaft. Da wollte ich das nicht akzeptieren. Ich bin also auf die Idee gekommen, dass wir nach Rom laufen.«

Fontana hob die Augenbrauen.

»Durch die Züge. Von Zug zu Zug. Es war meine Idee. Auch die Sache mit dem Herumrobben.«

Jetzt stieß Wolf *sie* unter dem Tisch mit dem Knie leicht an, während Fontana eine leises, wohlerzogenes, nonkonfrontatives Lachen lachte.

»Sie wollten nach Rom laufen? Durch die Züge?«

Wolf nickte. »Das war der Plan, ja.«

Fontana schüttelte den Kopf.

»Deutsche mit einem Plan …« Er sah auf. »Entschuldigen Sie bitte. War nicht so gemeint. Sie müssen jetzt Ihre Hosen- und Jackentaschen leeren und alles bitte auf den Tisch legen. Maresciallo Rossi hier wird Sie beide dann noch einmal durchsuchen – bitte verzeihen Sie, Signora, dass wir keine Beamtin vor Ort haben, aber es muss sein. Dann nehmen wir Ihre Rucksäcke mit und durchsuchen sie.

Inklusive aller elektronischen Geräte. Danach sehen wir weiter.«

So geschah es. Rossi war bei der Durchsuchung effektiv und sachlich. Er verschwand mit den Rucksäcken und den sauber eingetüteten Habseligkeiten von Wolf und Katja durch die Tür.

Als Fontana ihm folgen wollte, sagte Wolf: »Einige Daten auf meinem Laptop sind verschlüsselt. Ich glaube, Sie brauchen die Passwörter.«

»Wo wäre denn da der Sportsgeist, Herr Trebbing? Die Guardia di Finanza ist ziemlich gut im Entschlüsseln.«

Wolf nickte.

»Sind wir eigentlich verhaftet?«

»Nein. Im Moment sind Sie nur gefangen.«

Der Vormittag verging mit Warten. Und mit Frühstücken. Ein anderer Kollege von Fontana brachte Brötchen, Kaffee und Tee, Wurst, Käse und Marmelade, und es war alles wirklich sehr gut, man konnte sich nicht beschweren.

Als sie fertig war, schob Katja ihren Teller von sich und sagte: »Es ist meine Schuld. Das war alles eine blöde Idee. Ein ganzer Haufen blöder Ideen.«

Wolf wusste, dass irgendwelche Trostphrasen jetzt nicht helfen würden. Er versuchte es mit Sarkasmus.

»Immerhin sind wir bis Italien gekommen.«

Katja lachte bitter auf. »Italien sehen und sterben. Bei der Sache mit dem Putsch hab ich dich doch nur deswegen angestoßen, weil ich das Gleiche gedacht hab.«

Wolf hielt sich einen Finger auf die Lippen, aber Katja winkte nur genervt ab.

»Ach was, sollen sie doch zuhören. Wer hat mir denn

immer davon erzählt, dass Europa gar nicht so stabil ist? Und dann laufen wir durch den Tunnel, und gleich kommt die Guardia Firlefanza. Ja, was meinst du denn, warum? Ich bin doch nicht blöd.«

Wolf war jetzt auch genervt. Er hatte nicht das geringste Interesse daran, Fontana und seine Leute auch noch zu provozieren.

»Jetzt reiß dich aber mal zusammen! Wir wissen überhaupt nicht, was hier los ist, darum geht's ja grad! Panik bringt jetzt gar nix!«

Anscheinend hatte er den richtigen Ton getroffen, denn Katja sackte in sich zusammen, kreuzte die Arme über der Brust, schnaubte und sagte: »Tu doch nicht so.«

Womit sie auch wieder recht hatte. Denn Wolf wollte Fontana und seine Leute vor allem nicht provozieren, weil in ihm tatsächlich eine Art gefrorene, gesplitterte Panik toste, wie er sie von einigen anderen Begegnungen mit der Staatsmacht kannte – nur viel, viel stärker. Im Grunde seines Herzens war er vollkommen sicher, dass sie erschossen und irgendwo verscharrt werden würden, und er hatte große Mühe, den Grund seines Herzens zu ignorieren.

Als Fontana und Rossi zurückkehrten, fuchtelten sie nicht mit Waffen herum. Rossi hatte sein Sturmgewehr nicht einmal dabei und setzte die Rucksäcke elegant und vorsichtig auf dem Boden auf; die Geldbörsen, Handys und den anderen Kram legte er in Fächerform vor Katja und Wolf hin, fast wie Spielkarten. Dann ging er, nur Fontana blieb zurück.

»Stecken Sie nur alles wieder ein«, sagte er gut gelaunt.

Wolf und Katja verteilten ihr Zeug auf ihre Jacken- und Hosentaschen.

»Sie sind wirklich Touristen!«, meinte Fontana. »Seltsame Touristen zwar, aber doch Touristen.«

»Was anderes haben wir ja nicht behauptet«, meinte Katja.

»Genau! Zuerst dachte ich, Herr Trebbing, das sind ja ziemlich starke Passwörter, die Sie da haben. Und dann musste ich mich noch mehr wundern. Über Fotos von einer Leiche und von einem Nazidarsteller. Und da gibt es noch diese Diebstahlsanzeige bei der Polizeiinspektion Kufstein, gegen einen gewissen Wolf Trebbing, der seine ausgedruckte ÖBB-Fahrkarte in einem unerwünschten Koffer zurückgelassen hat. Aber wir sind alles durchgegangen, was wir über Sie finden konnten. Von den Daten in den europäischen Fahndungsnetzwerken bis zu Ihren Social-Media-Accounts. Und letztendlich bleibt nur ein logischer Schluss: Sie sind genau das, was Sie zu sein behaupten. Touristen.«

Wolf war leicht übel. Machte sich Fontana über sie lustig?

»Das mit den Rucksäcken war ... notwendig. Mit dem Toten und dem Nazivogel haben wir nichts zu tun. Die hab ich nur fotografiert, wie es jeder Fotograf machen würde.«

»Klar. Ob Sie's glauben oder nicht, aber Sie haben damit dem italienischen Staat einen Dienst erwiesen. Für den verstorbenen bulgarischen Staatsangehörigen haben wir uns tatsächlich schon ein wenig länger interessiert. Und die italienischen Geldgeber dieses ›Nazivogels‹, wie sie sagen – die werden die Kollegen von der AISI sicher ganz spannend finden. Agenzia Informazioni e Sicurezza Interna. Verfassungsschutz auf Italienisch. Nur die Rucksäcke interessieren nun wirklich gar niemand. Nicht einmal die Polizeiinspektion Kufstein.«

Wolf sah Katja an. Dann wieder Fontana.

»Das hab ich gern getan. Das mit dem Dienst am italienischen Staat. Wir würden dann jetzt gehen. Zurück nach Österreich. Danke für das Frühstück.«

Fontana lächelte einmal mehr dieses aufreizend entspannte Lächeln.

»Theoretisch können Sie gehen, ja.«

»Oh«, sagte Katja.

Wolf dachte: »Hab's doch gewusst.«

»Möglicherweise können Sie uns noch einen weiteren Dienst erweisen. Einen großen, und wie ich Ihnen versichern kann, sehr gut bezahlten Dienst. Ich habe Ihre Fotos gesehen. Das ist solides Handwerk. Kein Getue, keine großen Gesten und dramatischen Inszenierungen, einfach gute Fotos.«

Wolf war verwirrt. Hauptsächlich war sein Inneres beherrscht von Angst; aber nun war auch seine Eitelkeit verletzt. Von einem italienischen Finanzpolizisten, der leugnete, dass Wolf Kunst machte, indem er von solidem Handwerk sprach. Und was war das überhaupt wieder für ein Unfug jetzt?

Fontanas Gesichtsausdruck hatte sich merkbar verändert. Die jungenhafte Frische war fast ganz verschwunden, stattdessen bestimmte plötzlich eine besorgte Angespanntheit seine Züge; zwischen den Augenbrauen sah Wolf zwei Falten wie ein zerschlagenes V.

»In Rom ist etwas geschehen. Wir können das nicht länger geheim halten, die Gerüchte kochen schon über. Wir brauchen jemand, der Rom fotografiert, wie es aktuell ist. Wir müssen der Öffentlichkeit die Lage erklären.«

»Was ist in Rom geschehen, Capitano Fontana?«, fragte Katja.

Der Tag war schön, die Temperaturen fand Wolf sehr angenehm, es ging ein leichter Wind, und es herrschte ein Frieden, wie gemacht für die Katastrophe. Der Schienenbus knackte leicht in der Sonne. Die Kollegen Fontanas versuchten, nicht allzu entspannt zu wirken, weil das für sie nie angemessen war, auch nicht bei gutem Frühlingswetter. Wolf fühlte sich seltsam. Katja nahm seine Hand.

»Warum eigentlich ich, Capitano? Die Guardia di Finanza hat doch sicher eigene Fotografen?«

»Und einer davon wird Sie und Ihre Frau ständig in Rom begleiten. Aber die Originalaufnahmen, die müssen von Ihnen kommen, aus Ihrer Kamera. Sie sind unser Zeuge, Herr Trebbing. Fotografieren wird in Rom Ihr Job sein. Und glaubwürdig sein.«

»Ich bin aufgeregt. Ich ...«

»Natürlich sind Sie das. Meinen Sie, ich war vor fünf Jahren in Afghanistan nicht aufgeregt?«

Fontana hatte nur eine Feststellung getroffen, aber Wolf fühlte sich doch getadelt, als hätte Fontana in Wirklichkeit gesagt: Jetzt reißen Sie sich mal zusammen. Wolf versuchte, sich zusammenzureißen, aber darin war er nie gut gewesen. Ein sachkundiger Mensch hatte seinen nächsten Auftrag mit dem Aufenthalt in einem Kriegsgebiet verglichen.

Der weiße Hubschrauber war im Anflug erstaunlich leise für so eine große Maschine, und dann, kurz vor der Landung, war er erstaunlich laut.

Zunächst sah Norditalien von oben völlig normal aus. Südtirol, dann die Po-Ebene, Bologna, Florenz. Alles da, anscheinend alles bereit für den Frühling. Bald fiel Wolf aber auf, dass die Straßen, selbst die Autobahnen, die sie überquerten, so gut wie leer waren. Er bemerkte auch, dass Fontana ihn beobachtete. Es knackte in seinen Kopfhörern. Fontanas Stimme war technisch so aufbereitet, dass ihr der Lärm der Turbinen nichts anhaben konnte.

»Als wir den Zugstau arrangiert haben, wollten wir natürlich vor allem die gesamte Mobilität des Landes runterfahren. Zeit gewinnen. Einen Ausnahmezustand herbeiführen, ohne den wirklichen Ausnahmezustand zu verraten.«

»Wie arrangiert man einen Zugstau?« Wolf wollte sich seine Überraschung nicht allzu sehr anmerken lassen.

»Befreundete Dienste, alte Connections, Zugeständnisse, Verhandlungen, Politik. Und ziemlich viel Computerzauber.«

Er sagte wirklich »Connections« und »Computerzauber«. Wenn das stimmte, dann hatten die italienischen Dienste innerhalb von 48 Stunden nach dem Ausbruch ziemlich entschlossen gehandelt. Und ohne jahrelange Vorbereitung auf einen möglichen Notfall, ohne einen gut strukturierten und ausführbaren Plan wäre das nicht möglich gewesen. Die Guardia di Finanza hatte die Verantwortung für die Sicherheit des Brennerbasistunnnels seinerzeit nicht übernommen, ohne ihn komplett kontrollieren zu können.

»Gewagter Schachzug«, meinte Wolf.

»Hab selbst nicht geglaubt, dass das funktioniert. Ich bin so froh, dass wir kein Zugunglück provoziert haben. Tja. Aber jetzt müssen die Karten sowieso auf den Tisch.«

Wolf wusste, dass es Katja nicht gut ging, weil sie so schweigsam war.

Auch der Saal mit den Gasmaskenmännern sah hell und frisch aus, wie das ganze Land. Wolf vermutete, dass es sich um eine neu gebaute Schule am äußersten Stadtrand von Rom handelte; das Gebäude wirkte behördlich, aber nicht allzu brutal. Der Saal mochte vielleicht die Aula dieser Schule sein; es gab einen minzgrünen Vorhang von der Decke bis zum Boden, der eine Art Bühne zu verbergen schien. Mit den bewaffneten Gasmaskenträgern wirkte das alles wie ein surrealer Fiebertraum. Schon bis hierher waren Wolf und Katja mehrfach vermessen, gewogen und mit Desinfektionsmitteln eingenebelt worden, und den Geruch, den Wolf jetzt am Leib hatte, fand er zum Würgen – er erinnerte ihn an Klosteine und billigste Lavendelseife. Katja wirkte ebenso wenig erfreut. Anscheinend war auf den anstrengenden Teil ihres Urlaubs der noch viel anstrengendere gefolgt. Man hatte in der Aula mehrere Kabinen aufgebaut (interessanterweise im gleichen minzgrünen Farbton wie der Bühnenvorhang), und eine davon benutzte Wolf, um sich in einen Gasmaskenmann zu verwandeln. Das war nicht so leicht, denn wie er auch an den Gummibändern zerrte, das Ding saß einfach nicht. Und der blassblaue Schutzanzug, den er hatte überstreifen sollen, wirkte jetzt nicht gerade kugel- und gassicher. Der Stoff fühlte sich wie beschichtetes Papier an.

Als er wieder draußen war, musste er Fontana dann doch zwei Fragen stellen.

»Capitano, scusi. Hatten Sie in Afghanistan eigentlich auch öfter das Gefühl, dass Ihnen die Gasmaske gleich das Gehirn aus dem Schädel quetscht? Und zweitens: Diese Gasmasken-Papieranzug-Kombination wirkt für mich ein bisschen wie Tschernobyl 1986. Sie verstehen, was ich meine?«

Fontana sah ihn durch seine eigene Gasmaske mit klugen und traurigen Augen an.

»Erste Frage: nein. Zweite Frage: Ich verstehe, was Sie meinen. Das, was Sie jetzt anhaben, ist die innere Schicht, weil wir noch in der gelben Zone sind. Die rote Zone betreten wir in Anzügen der Firma Jäger; der Name könnte Ihnen ein Begriff sein. Folgen Sie mir bitte.«

Sie folgten.

Wolf fragte Katja: »Alles gut?«

Katja sagte: »Geht schon.«

Die Gänge des Gebäudes waren verlassen, nur hier und da ein Wachsoldat. Definitiv eine Schule. Ob hier je Unterricht stattfinden würde? Ein Geisterhaus von vornherein.

Wolf dachte an all die beeindruckenden Vereinbarungen, die er und Katja hatten unterschreiben müssen. Zum Beispiel verdienten sie 10 000 Euro am Tag, pro Nase. Dafür hatte der italienische Staat in unmissverständlichen Formulierungen erklärt, dass er keinerlei Garantien für ihre Gesundheit oder ihr Leben übernahm. Entschädigungen für ihre Angehörigen und eventuellen Hinterbliebenen waren kategorisch ausgeschlossen, ob der betreffende Personenschaden nun psychischer oder körperlicher Art war und ob er gleich oder erst in der Zukunft eintrat. Das Gleiche galt selbstverständlich für jeden denkbaren Schaden an Gerät und Ausrüstung. Das hatten sie per Unterschrift akzeptiert. Der italienische Staat hatte sich auch vorbehalten, Wolf und Katja im Falle einer Infektion auf unbestimmte Zeit zu isolieren; sie hatten sich damit einverstanden erklärt. Für den Fall ihres Todes war eine Kremierung fest vereinbart; die Überstellung und das Handling der Urnen würde Sache der Bundesrepublik Deutschland sein. Wolf und Katja hatten je drei Kontaktpersonen benennen müssen, die im Falle eines Unglücks benachrichtigt werden würden. Der italienische Staat behielt sich vor, den Kontakt zu diesen Personen im Falle eines nichttödlichen Unglücks völlig nach seinem Gutdünken zu gestalten; Wolf und Katja hatten in diesem Zusammenhang auf ihre Menschen- und ihre Grundrechte als EU-Bürger verzichtet. Die Hauptbotschaft, die Wolf all diesen Vereinbarungen entnommen hatte: Der italienische Staat hatte richtig, richtig Angst, weil die Sache richtig, richtig ernst war. Aber er hatte unterschrieben, und Katja ebenso.

Sie gingen über den Schulhof. Es war alles überhaupt nicht alptraumhaft, wenn man von dem eingeschränkten Gesichtskreis absah. Ein schöner Schulhof mit jungen Bäumen. Rechts ein Quertrakt, anscheinend die Schülertoiletten. Über allem der frühlingshaft blassblaue Himmel.

Es dauerte über zwei Stunden, bis sie endlich in ihren äußeren Schutzanzügen steckten. In dem neonhell erleuchteten Raum erklärte man ihnen alles. Sie hatten Kühlwesten der neuesten Art, die ihnen ein stundenlanges Arbeiten ohne Überhitzung ermöglichen würden. Sie hatten innenliegende Pressluftsysteme, mit Reserven für maximal zehn Stunden. Die Anzüge waren selbstverständlich gasdicht. Weder Fontana noch Katja konnte Wolf durch die Sichtscheiben hindurch richtig erkennen, aber er konnte sie unterscheiden, denn Katja war kleiner als der Offizier. Die Funkgeräte funktionierten ausgezeichnet. Die Anzüge waren aufreizend orangefarben. Fontana wies darauf hin, dass dieser Raum hier ihr »staging area« für die ganze Zeit der »Operation« sein würde. Wolf glaubte, dass er anfing, diesen Jargon zu benutzen, weil er selbst nervös war. Wie seinerzeit in Afghanistan.

Wie er mit den gasdichten Handschuhen fotografieren sollte, war ihm ein komplettes Rätsel. Er glaubte schon, dass der italienische Staat diese Angelegenheit nicht konsequent durchdacht hatte, da wurde von einem Techniker seine Kamera hereingebracht. Man hatte sie in ein Unterwassergehäuse eingeschlossen, das mit Handschuhen sehr gut bedient werden konnte, und es war ein bisschen unheimlich, aber Wolf kannte genau diese Sorte Unterwassergehäuse von einem misslungenen Versuch, den Tauchschein zu machen. Ach richtig, er hatte seinerzeit auf Facebook darüber geschrieben. Daher wussten sie das wohl.

Der Schützenpanzer, in dem sie zum Kolosseum rollten, war sicher auch ABC-sicher. Es konnte kaum anders sein.

Vielleicht war es die Müdigkeit, aber nach einem wirklich harten Tag hielt er all seine Bilder für Schrott. Banales, leeres Zeug, das jeder Normaltourist ohne Sinn für Komposition und Storytelling im Vorübergehen zusammenknipsen konnte. Kolosseum mit runden Fensterbögen von außen, Kolosseum mit runden Fensterbögen von innen. Der durchlöcherte Boden, der zu Kaiserzeiten die Bühnentechnik enthalten hatte. Einmal so rum, einmal so rum. Ein orangefarbener Arm mit blauem Handschuh auf einem antiken Stein. Gasdichte Hauben vor blassblauem Himmel.

»Wahnsinnig spannend. Sieht alles aus wie Rom mit einigen Marsmenschen statt mit sehr vielen Touristen«, sagte er zu Katja, als sie müde auf ihrem Abendessen herumkauten, in einem Raum der neuwertigen Schule, den sie wenigstens für sich hatten. Wolf freute sich schon auf die wabbelige Luftmatratze. »Für so ein Zeug kriegen wir doch niemals 20 000 Euro pro Tag.«

Katjas Blick war stumpf, als sie meinte: »Was willst du denn? Die Leere fotografieren. Das war doch immer schon dein Ding.«

Das tat richtig weh. Was hatte er mit seiner Selbstabwertung gewollt? Dass Katja ihn tröstete. Dass sie ihm sagte, wie toll er das machte. Er hatte nach Komplimenten gefischt und nichts gefangen.

Katja senkte den Kopf und fing an zu weinen. Wolfs Gekränktheit war schon wieder vorbei.

»Ich kann das hier allein weitermachen«, sagte er.

Sie wischte sich schniefend die Nase.

»Ach, red doch nicht. Du weißt doch allein gar nicht, was du fotografieren sollst.«

Wolf berührte sie leicht am Nacken, als er zu seiner Luftmatratze wankte. Es war alles etwas viel gewesen.

Kurz bevor er einschlief, kam noch eine Nachricht von Fontana: »Gute Arbeit heute. Morgen die Sixtinische Kapelle und die Spanische Treppe.«

Sie fotografierten aber zunächst normale Straßen. Wegen der Atmo. Wegen der Wahrheit. Der Verkehr war fast zum Erliegen gekommen, wenn man von den Fahrzeugen der Armee absah, die den Leuten Nahrungsmittel, Medikamente und Drogerieartikel nach Hause brachten. Wolf fotografierte auch sie. Wie sich das anfühlen musste, mit den orangefarbenen Anzügen Lieferdienst zu spielen, konnte er sich nicht einmal vorstellen. Er hoffte bloß, dass sie nicht irgendwelche römischen Senioren vergaßen, die nicht mehr auf sich aufmerksam machen konnten. Fontana erwähnte, dass »seine Kollegen« von der Armee auch die Toten und die Schwerkranken aus den Wohnungen holen mussten. Eine ständig wachsende Anzahl pro Tag. Gerade gab es keine Krankentragen und Särge zu sehen, Wolf fotografierte leere Gassen. Während sie durch eine dieser Gassen gingen, schoss Wolf plötzlich das Bild durch den Kopf, wie römische Legionäre in voller Rüstung an den Fenstern saßen und auf sie herabschauten. In seinem Tagtraum schimmerten die Metallspangen der Körperpanzer im Halbdunkel hinter den Gardinen, und die kampferprobten Soldaten warteten mit gezückten Schwertern auf irgendeinen Befehl. Wolf musste über diese Fantasie lachen. Immer mehr. Er konnte nicht mehr aufhören. Er wollte zwar, aber es ging nicht. Erst musste er sich auf den Knien abstützen, was wegen der Sauerstoffflaschen auf seinem Rücken gar nicht leicht war. Dann ging er zu Boden, legte das Kameragehäuse neben sich ab, kauerte sich auf dem Asphalt zusammen und ließ sich von dem Lachkrampf durchschütteln. Wieder und wieder.

Durch seine Lachtränen nahm er kaum wahr, wie die anderen um ihn herumstanden. In seinen Ohren schnelles Italienisch, dazu manchmal die Stimme von Katja – es war alles recht fern. Die Legionäre, die römischen Legionäre. Dann konnte er nur noch krächzen und bekam schlecht Luft. So schnell wie der Lachkrampf gekommen war, so schnell fand er seine Fantasie überhaupt nicht mehr komisch, sondern bestenfalls albern, peinlich, eines Mannes in seinem Alter nicht würdig. Schwer atmend kniete er noch eine Weile und schämte sich. Wahrscheinlich alles aufgezeichnet vom Medienteam der Guardia – was für eine jämmerliche Show er geboten hatte! Katja und Fontana halfen ihm auf und sagten dazu kein Wort. Er wischte das Kameragehäuse ab, obwohl es da eigentlich nicht viel abzuwischen gab; besonders die Frontscheibe vor der Linse war zu seiner Erleichterung unzerkratzt und unbeschmutzt. Genau in diesem Moment kam aus einer Seitengasse, vielleicht zwanzig Meter von ihm entfernt, ein Junge gelaufen. Als er die Marsmenschen sah, stockte er und hob die Hand, vielleicht zum Winken. Wolf reagierte, riss die Kamera hoch, hielt drauf. Dann kam Bewegung in die Gruppe um ihn herum. Manche der Gardisten rannten los, wollten den Jungen einfangen, aber weil der völlig ohne Schutzausrüstung war, hatten sie keine Chance und gaben die Verfolgung schon nach wenigen Metern auf.

»Geht's wieder?«, fragte Katja.

»Sicher«, sagte Wolf knapp. Sie waren hier fertig. Der Vatikan wartete.

Zum Glück waren die Marsmenschenanzüge der Schweizergarde blau, sonst hätte das nur zu Verwirrung geführt. Immerhin standen sich hier in der Kapelle bewaffnete Organe zweier souveräner Staaten gegenüber, beide mit einem gewissen Elitebewusstsein.

Wolf machte mehrere Fotos davon, wie beide Gruppen interessiert-desinteressiert nebeneinander herumlungerten, bis Fontana ihm in die Ohren knarzte: »Herr Trebbing, bitte auch die Örtlichkeit selbst nicht vergessen. Denken Sie daran, wir brauchen die Leere der Kapelle.«

Wolf fotografierte die Leere der Kapelle. Er bemühte sich, eine Bildsprache für die Verlassenheit des Ortes zu finden, und wurde nach vielen vergeblich wirkenden Versuchen von Katja auf ein zurückgelassenes, zerknülltes Papiertaschentuch hingewiesen. Das konnte er in einer extremen Weitwinkelaufnahme mit der Umgebung in Beziehung setzen.

»Bitte auf keinen Fall das Papiertaschentuch berühren«, warnte ihn Fontana. Und als er, kniend, mit seiner Kamera noch einige Zentimeter näher heranrutschte, um einen besseren Blickwinkel zu bekommen, befahl ihm Fontana: »Mehr Abstand, Trebbing.«

Wolf gehorchte. Das Taschentuch war der Tod. Zum Abschied fotografierte er die Decke der Kapelle, obwohl das ihre Leere wahrscheinlich auch nicht so gut zur Geltung brachte. Er stellte fest, dass die biblischen Gestalten ihm, dem Tod, den verschiedenfarbigen Marsmenschen keinerlei Aufmerksamkeit schenken konnten, weil sie anderweitig beschäftigt waren.

Er bedankte sich bei Katja und nahm sich vor, ihr noch mehr zu danken, aber sie sagte nur: »Gern geschehen.« Da war ein seltsamer Klang in ihrer Stimme, um den er sich jetzt nicht auch noch kümmern konnte.

Sie saßen kaum wieder in ihrem Fahrzeug, da verkündete Fontana, dass man jetzt sofort zum Stützpunkt zurückkehren werde. Einerseits habe Wolf durch seinen Lachanfall so viel Atemluft verbraucht, dass seine Reserven unter einen akzeptablen Wert gefallen seien. Außerdem sei er sich sicher, dass die entscheidenden Bilder für heute schon gemacht worden seien. Wolf schwieg. Erstens schämte er sich, dass er die Mission durch seine Disziplinlosigkeit gefährdet hatte. (Seit wann war er eigentlich Soldat?) Zum anderen lag auf der Hand, dass jeder Einwand von ihm nur wie Gequengel klingen würde, auch der, dass Fontana über die Qualität der heute geschossenen Fotos gar nichts wissen konnte. (Ach, wirklich? Die Kamera hatte ein WLAN-Modul, und möglicherweise spielte sie Fontana jedes Bild direkt auf die Mattscheibe vor seinem Gesicht.) Wolf ließ sich von der destruktiven Idee durchzucken, alle Bilder des heutigen Tages einfach zu löschen, aber vielleicht wäre auch das sinnlos gewesen, weil: WLAN-Modul.

Wolf musste Katja dann im Stützpunkt wirklich fragen, was ihren Stimmungsumschwung hervorgerufen hatte; die miese Laune war ja wie weggeblasen. Katja errötete leicht, und das geschah nicht oft.

»Die Kapelle«, sagte sie. »Die Architektur. Ich ... ich hab so was Schönes noch nie gesehen.«

Wolf hätte mit allem gerechnet, nur damit nicht.

»Sag mir jetzt bitte nicht, dass du morgen katholisch wirst.«

»Du Depp!«, rief sie aus. »Du Volldepp!« Aber grinsen musste sie doch.

»Anscheinend ist der Urlaub für dich nicht völlig verloren.«

»Anscheinend nicht.«

Später meldete sich Fontana noch per WhatsApp.

»Bitte prüfen Sie doch Ihre Kontostände und die Homepages der großen deutschen Zeitungen. (New York Times wahrscheinlich morgen).«

Wolf schrieb zurück: »Was ist mit dem Jungen?«

Die Antwort kam prompt. »Die Kollegen haben ihn gefunden. Kämpft um sein Leben, wie zwei seiner Brüder und seine Mutter auch. Aussichtslos.«

Wolf und Katja mussten das erst einmal verdauen, bevor sie ihre Konten und die Homepages der großen deutschen Zeitungen prüfen konnten.

Wolf stand oben auf der Spanischen Treppe und schaute hinunter zur Zwischenterrasse und zur Fontana della Barcaccia. Die Presseschau hatte ergeben, dass er ein zweitrangiger Star war, der in zwei Arbeitstagen 20 000 Euro verdient hatte. Der erstrangige Star war natürlich unsichtbar: die Krankheit, das Virus, die Seuche, die in Rom aufgetreten war und vom italienischen Staat nicht mehr unter der Decke gehalten werden konnte. Ein Team der WHO war unterwegs. Viele der Artikel waren mit Wolfs Fotos dekoriert. Ein deutscher Fotograf, der sich zufällig in Rom aufgehalten habe, nein, der auf dem Seeweg die Grenzschließungen überwunden habe, nein, der aus unerfindlichen Gründen aus Deutschland eingeflogen worden war, dokumentiere die Lage in Rom unter Aufsicht der italienischen Behörden. Für die Echtheit der Fotos könne man nicht garantieren, aber die EXIF-Daten aus der Kamera, mit der diese Bilder gemacht worden seien, seien konsistent mit den jüngeren Fotos von Wolf Trebbing im Netz. Wolf sah Porträts von sich, die er aus guten Gründen vergessen hatte, und las Exklusiv-Interviews, die nie mit ihm geführt worden waren. Ach, und haben Sie eigentlich schon die attraktive Partnerin von Wolf Trebbing gesehen, eine Stuttgarter Architektin, die jetzt in Rom als seine Foto-Assistentin dient? Nur bei uns, exklusiv!

Die sozialen Medien waren zuverlässig am Ausrasten. Es habe schon Hunderte Tote gegeben, nein Tausende. Es habe überhaupt keine Toten gegeben, wie es auch gar keine Seuche gebe, alles Lüge. Da stecke sicher das Militär dahinter. Italien, die schwache Demokratie, das politische Labor, erlebe einen Putsch unter dem Deckmantel der Seuchenbekämpfung. Typisch Italiener. Die Freimaurer. Der Vatikan.

Trebbing sei ein Mitarbeiter verschiedener Geheimdienste, und zwar auch und gerade solcher, die sich üblicherweise tagtäglich bekämpften. Ein Mehrfachagent, ein Multitalent. Israel. Israel. Israel. Fehlgeschlagenes Biowaffenexperiment. Seveso. Tschernobyl. Fukushima. Das sei doch gar nicht Rom. Is. Ra. El.

Bis jetzt war die Spanische Treppe ein Reinfall gewesen. Langsam wurde die Sache mit den Schutzanzügen ein wenig doof; sie fing an, nach Konzeptfotografie auszusehen, nach einem Kunstprojekt, und es hatte in dieser Hinsicht erst recht nicht geholfen, als Wolf die Treppe von unten fotografiert hatte, zwischen den Köpfen von zwei Marsmenschen-Gardisten hindurch. Jetzt stand er oben, und Wolf war für seine Kühlungsweste sehr, sehr dankbar. Aber ihm fiel nichts ein. Leere Treppe war halt leere Treppe. Ach, schau mal an, da unten auf der Terrasse, eine einzelne schwarze Katze. Die Katzen trauten sich jetzt mehr, in der Abwesenheit der Menschen. Die hier stromerte langsam über die Terrasse. Wolf zoomte, kriegte sie zu fassen mit dem noch erkennbaren Brunnen im Hintergrund, drückte ab. Tack, tack, tack, tack, tack. Ging's noch banaler? Eine schwarze römische Katze vor klassischer Architektur? Egal. Das war der erste Money-Shot für diesen Tag.

Dass Fontana sie dann zur Basilica minor Santo Stefano Rotondo fuhr, fand Wolf am Anfang nur begrenzt witzig. Natürlich hatte Katja das Recht, Fontana ohne Wolfs Zustimmung Locations vorzuschlagen. Natürlich, natürlich. Wolf lief eine Zeit lang recht ziellos in der Kirche umher, machte hier ein Foto und dort eins und konnte sich erst zusammenreißen, als er bemerkte, dass er ganz einfach eifersüchtig war. Eifersüchtig auf irgendwelche Privatgespräche Katjas mit dem jungen und gutaussehenden Polizisten, der sie hier in der Gegend herumkutschierte. Er unterdrückte einen Lacher, um nicht einen neuen Anfall zu provozieren, und tadelte sich intern. Nicht allzu sehr. Katja hatte ein Stück ihrer Urlaubsplanung retten wollen, und Fontana hatte ihr den Gefallen getan, auf Kosten des italienischen Staats. Der von diesem Ausflug nicht viel haben konnte, denn die Basilica war auch als Touristenattraktion recht minor, und das konnte man dem Bauwerk und seiner Umgebung ansehen: kein Schnickschnack, keine Verkaufsstände, nur eine vergleichsweise kleine, sehr alte und vor allem runde Kirche.

Als Wolf sich völlig abgeregt hatte, begriff er, dass Katja wieder einmal instinktiv genau richtig vorgegangen war. Die Basilica machte den bestimmten Eindruck, dass sie schon immer leer gewesen war. In unnachahmlicher Weise wies sie darauf hin, dass Gott nicht existierte, und die antiken Säulen und die gesamte Architektur erweiterten diesen stillen Hinweis auch noch auf die antiken Götter. Nein, in diesem runden Versammlungsraum – wenn er denn einmal zu Versammlungen benutzt wurde – kam es nur auf die Versammelten an und nicht auf ihre unsichtbaren Freunde. Die Gläubigen waren hier ganz unter sich. Wolf begann, das atheistische Haus Gottes mit Begeisterung zu fotografieren. Die Säulenkapitelle der Stützarkade fand er besonders interessant. Er hatte schon immer Häuser in Häusern gemocht und für Tempel in Tempeln galt das ebenso, besonders, wenn die Religionen, denen sie dienten, nicht mehr entzifferbar waren. Er konnte sich schon denken, was Katja zur Architektur dieses wunderbaren Raums sagen würde.

Dass Fontana sie dann auch noch zum Monumento Nazionale a Vittorio Emanuele II brachte, war eine weitere Überraschung. Vielleicht hatte Katja auch diese Sehenswürdigkeit von ihrer Liste erwähnt, vielleicht nicht; auf jeden Fall war die neoklassizistische Scheißbude mit ihrem Hang zu Kitsch und Faschismus im Vergleich zur kleinen Basilica unfassbar deprimierend. Das Allerschlimmste kam gleich zu Anfang: Das Grab des unbekannten Unbekannten wurde auch jetzt noch von zwei Soldaten bewacht, die nicht in orangefarbenen oder blauen Schutzanzügen steckten, sondern in grünen. Die beiden salutierten allen Ernstes vor Fontana. Danach wurde es nicht besser: Klassizismus, Nationalkitsch, Faschismus. War das vielleicht die Religion, an die Fontana persönlich glaubte? Wolf kannte den Mann ja nicht. Jedenfalls nicht gut genug, um in sein Herz zu sehen. Fotografisch ging Wolfs Ehrgeiz dahin, dass die Abwesenheit der Touristen zugleich die Sinnlosigkeit des ganzen Spukschlosses meinen sollte. Ob Fontana das ahnte oder nicht – der Aufenthalt war jedenfalls recht kurz. Wolf konnte es sich nicht verkneifen, auch zu salutieren, als sie beim Abschied noch einmal an den Wachsoldaten vorbeikamen.

Langsam gewöhnten sie sich an ihr »Zimmer« in der Schule. Sie wussten nicht, was der Zweck dieses Raums sein sollte. Für einen bloßen Abstellraum war er zu groß, als Teil einer Hausmeisterwohnung oder als Büro machte er wegen seiner Fensterlosigkeit kaum einen Sinn – vielleicht hatten die Architekten einfach Platz übrig gehabt, mit dem sie nichts anfangen konnten. Am dritten Tag in der Schule war Wolf und Katja zugestoßen, was ihnen immer in Räumen zustieß, die sei zeitweilig bewohnten: Das Provisorium wurde ein bisschen Heimat. Der Campingtisch, die Klappstühle – hier waren sie halbe Menschen, hier kümmerte das niemand. Frei vom Gummigeruch der Schutzanzüge. Frei von den Kühlungswesten. Ach ja, und da war noch dieser Kalender mit den Blumenfotos. Wunderbare Blumenfotos, wie Wolf gleich sah, gemacht von einem Könner oder einer Könnerin, aber es gab keinen Verlag, keinen Autor, keine Autorin, einfach nur die Bilder und die Monatsraster. Aber vom letzten Jahr. Aufgeblättert war der April.

Eigentlich war Wolf ganz gut müde, nach Treppe, Basilica und neoklassizistischer Scheißbude, aber es reichte noch nicht zum Schlafen. Katja war intensiv mit ihrem Tagebuch beschäftigt, und Wolf wusste nicht, was er tun sollte. Von dem Siegeszug seiner Fotos durch die Presseagenturen hatte er schon genug gesehen, zu viele erfundene Geschichten über ihn und Katja hatte er auch schon gelesen. Für den Konsum von tatsächlicher Literatur war das Summen in seinem Kopf zu laut, überhaupt fiel ihm jede Form von Konzentration ein bisschen schwer.

»Morgen Krankenhaus?«, schrieb er an Fontana. »Ich brauche noch Fotos von den Opfern.«

Keine Antwort. Wolf klickte müde im Internet herum.

Als es klopfte, reagierten sie beide zu spät, und Fontana stand schon im Raum. Eine Flasche Wein, drei Gläser und ein Computer-Tablet hatte er auch mitgebracht. Instinktiv schaute sich Wolf um, ob auch alles einigermaßen gut aufgeräumt war. Fontana, in Zivilkleidung, klappte sich den dritten Campingstuhl auf und verteilte Wein. Wolf probierte gleich, guter Stoff.

»Sie wollen Bilder von den Opfern machen«, stellte der Capitano fest. »Das brauchen Sie nicht.«

Er tippte auf den Bildschirm des Tablets und hob es an. Das Gerät zeigte Wolf und Katja ein Krankenbett, in dem wahrscheinlich ein Mensch lag. Das Gesicht war komplett unter einer Art Maske und anderen Vorrichtungen verborgen. Die Weitwinkelaufnahme zeigte einen beeindruckenden Fuhrpark von Medizinelektronik, mit dem man das Bett umgeben hatte. Dann wischte Fontana über das Tablet, und bei der nächsten Aufnahme musste Wolf zuerst an einen kleinen Panzer denken. Aber gleich danach erkannte er, dass es sich um eines dieser fernsteuerbaren Kettenfahrzeuge handelte, mit denen Bomben gesucht und entschärft wurden. An einem Greifarm trug das Gerät ein Unterwassergehäuse für Kameras samt Inhalt. Genau so eines, wie Wolf es derzeit öfter in Händen hielt.

»Und das ist unser Fotograf. Oder rein rechtlich gesehen ist der Fotograf wohl eher der Kollege mit der Fernsteuerung. Da wissen Sie besser Bescheid als ich, Herr Trebbing.«

Fontana legte das Tablet wieder auf dem Campingtisch ab und nahm noch einen Schluck aus seinem Glas.

»Wir haben Ihre Bilder und diese hier aus dem Krankenhaus so weit verbreitet wie möglich. Alle Daten zu der Seuche, die wir bisher haben zusammentragen können, sind im Internet abrufbar. Es ist ein Filovirus, so ähnlich wie Marburg und Ebola. Wahrscheinlich noch ansteckender, noch tödlicher und per Atemluft übertragbar.«

Er stellte sein Glas auf den Tisch zurück.

»Wir haben jetzt mehrere bestätigte Fälle außerhalb Roms. Ein paar Verdachtsfälle in Mailand, zwei in Neapel. Sie wissen wahrscheinlich, was das heißt.«

»Nicht wirklich«, sagte Katja.

Fontana lächelte milde.

»Nun, zunächst einmal ist unsere Aufgabe hier beendet. Wir haben getan, was wir konnten. Ich möchte Ihnen für Ihre Mitarbeit danken, sie war für uns sehr wertvoll. Bitte packen Sie Ihre Sachen, die Bundesluftwaffe holt Sie bald ab. Der Flieger ist meines Wissens schon unterwegs.«

Er stand auf und nickte ihnen zu.

»Die Welt wird bald eine andere sein.«

Dann ging er. Den restlichen Wein und die Gläser ließ er da.

Epilog

Olivgrün. Alle hatten olivgrüne Anzüge; Wolf und Katja auch. An den rechten Armen ein Wappen mit verschiedenen Abzeichen, darunter zwei gekreuzte altmodische Bluetooth-Ohrhörer. Vielleicht mochten die Männer und Frauen vom ABC-Abwehrkommando der Bundeswehr Musik. Es dauerte eine Weile, bis Wolf aufging, dass die Ohrhörer in Wirklichkeit antike Glaskolben wie aus einem Alchemistenlabor sein sollten. Die Funkverbindung wirkte nicht ganz so überzeugend wie bei den Anzügen der Guardia di Finanza. Vielleicht lag das auch am Lärm, den das Flugzeug machte. Airbus A400 M, Lazarettversion. Ganz schön viel Flugzeug. Ganz schön viel Lärm.

Das Debriefing begann wie ein normales Gespräch, abgesehen davon, dass sich ihr Gesprächspartner nicht vorstellte. Wie er und Katja denn überhaupt nach Italien gelangt seien, nach dem Einsetzen des Zugstaus? Wie die Italiener sie »aufgenommen« hätten? Sehr freundlich also, ja? Ob er diese Schule noch ein bisschen genauer beschreiben könne? Gratulation zu den Fotos übrigens, sehr ausdrucksstark! Es sei doch kein Problem, die Originaldateien zur Verfügung zu stellen, oder? Fragen, Fragen, Fragen. Zu den Opfern. Zu der Krankheit. Zu der Situation in Rom und zum Verhalten der Römer. Und dann noch mehr Fragen und noch mehr Fragen. Anscheinend glaubte der ABC-Spezialist vom Abwehrkommando, dass seine ganze Fragerei eine Art desinfizierende Wirkung hatte, anders konnte sich Wolf den Enthusiasmus dieses Mannes nicht erklären. Plötzlich fing Katja zu singen an.

»Tausend tolle Sachen, die gibt es überall zu sehn, manchmal muss man fragen, um sie zu verstehn!«

Der Interviewer drehte ihr seinen Oberkörper zu, was in dem grotesken Anzug aussah, als verlagere eine olivgrüne Raupe ihre Aufmerksamkeit.

»Frau Karwen, es geht hier darum, dass wir Ihre Erinnerungen möglichst frisch abschöpfen müssen. Das ist mein Job. Ich bitte Sie um Ihre Kooperation.«

»Ich war gerade drei Tage mit meinem Mann in einer Stadt unterwegs, in der eine brandneue, tödliche Seuche grassiert. Haben Sie so was schonmal mitgemacht?«

»Ich habe eine Menge Giftgastote gesehen, wenn Sie das mit ›so was‹ meinen.«

»Dann wissen Sie ja, wie abgeschöpft ich mich im Moment fühle. Ich gehe jede Wette ein, dass Sie alle relevanten Daten bereits haben. Lassen Sie uns doch einfach in Ruhe.«

»Sie muss wirklich sehr aufgebracht sein«, dachte Wolf. In dieser Situation einen Soldaten zu fragen, ob er *übahaupt jedient* hatte – das war schon sehr Katja.

Der Mann entgegnete nichts, wandte sich dann wieder Wolf zu und fragte weiter. Und weiter und weiter. Wolf nahm Katjas Hand, so gut es mit den Handschuhen ging. Er wollte keinen Ärger und beantwortete deswegen die Fragen nach bestem Wissen und Gewissen. Gleichzeitig stellte er sich ernsthaft die Frage, wo ein Bundeswehrsoldat »eine Menge Giftgastote« gesehen haben konnte. Alle möglichen Antworten fand er sehr beunruhigend. Er beschloss, dieses Thema dringend zu meiden.

»Herr Trebbing? Wie hat Capitano Fontana noch einmal auf Ihre Bitte reagiert, Opfer der Seuche im Krankenhaus zu fotografieren?«

»Wie ich Ihnen schon sagte: Er hat es abgelehnt. Mit der Begründung, dass meine Arbeit in Rom getan sei. Und er hat mir Bilder von einem Opfer gezeigt, die seiner Aussage nach per Fernsteuerung mit einem Roboter gemacht worden sind. Diese Aussage belegte er mit einer Aufnahme des besagten Roboters.«

»Das Merkwürdige ist: In den Daten, die mir Herr Fontana übermittelt hat, kann ich diese Fotos nicht finden. Haben Sie dafür eine Erklärung?«

»Nein.«

»Bitte beschreiben Sie mir doch den Roboter etwas genauer, mit dem das Foto von dem Patienten gemacht wurde.«

Der Mann war wirklich hartnäckig, das musste man ihm lassen. Kurz bevor Wolf dann selbst das Sesamstraßenlied singen wollte, stand der Soldat abrupt auf und ging weg. Ein paar Meter weiter hinten im Flugzeugrumpf befand sich einer der beiden Lazarettcontainer mit jeweils zehn Betten. Wolf hatte irgendwo gelesen, dass man diese Container aus dem Rumpf des Flugzeugs entfernen und als komplette Einheiten dort aufstellen konnte, wo sie sein sollten. Flexible Werkzeuge der Kriegs- und Katastrophenmedizin. Der neugierige Soldat öffnete die Tür. Dann stand er noch eine Sekunde als Silhouette in dem harten Neonlicht, das aus dem Container herausschlug, ging hinein, schloss die Tür hinter sich.

Wolf wartete vielleicht eine Viertelstunde, dass er wieder zurückkehren und mit seiner Fragerei weitermachen würde. Aber das geschah nicht. Die Sesamstraße war anscheinend vorerst vorbei. Von den beiden verbliebenen Soldaten, die im Unterschied zum Meister der Fragen bewaffnet waren, fühlte er sich bewacht wie ein Gefangener.

Etwa eine halbe Stunde später wurden sie ebenfalls in den Container gebeten. Ihr Interviewer war nicht mehr da; offensichtlich gab es noch einen Hinterausgang. Das Innere des Containers sah wirklich aus, wie man sich eine Intensivstation im Miniaturformat vorstellte: Hochtechnisierte Betten, Racks mit medizinischen Monitoren und Geräten, die im Moment nichts anzeigten, eine Art verglaster Kommandostand am hinteren Ende des Containers, in den vielleicht vier Leute hineinpassten. Alles war in hartem Neonlicht gebadet; auch gefiltert durch das Visier des Anzugs sah das nicht viel weicher aus. Katja ging herum, betastete die Plastikfolien, mit denen die Betten und die Maschinen bedeckt waren, ging einmal bis zum Hinterausgang, rüttelte am Türgriff, kam zurück.

»Was ist das hier? Planet Doktorspielchen? Was sollen wir hier?«, fragte sie.

Wolf hatte so eine bestimmte Ahnung, aber er wollte sie nicht aussprechen.

»Hallo? Hört uns jemand?«, rief er. »Können wir hier drin die Anzüge ablegen?«

»Noch nicht«, kam die prompte Antwort, und zwar in der Stimme des Quizmasters von vorher. »Wir befinden uns derzeit im Landeanflug auf den Flugplatz Wunstorf. Bitte setzen Sie sich auf die nächstgelegenen Sitze und legen Sie die Sitzgurte an.«

Schweigend gehorchten sie.

Wegen der ruppigen Landung freute sich Wolf, dass sie angeschnallt waren. Irgendwas Ungesichertes fiel um. Dann Stille. Sie wollten die Gurte lösen, da kam wieder die Stimme von vorher: »Bitte sitzenbleiben und die Gurte geschlossen lassen. Sie werden jetzt entladen und an ihren endgültigen Standort verbracht.«

»Wir werden entladen. Und verbracht«, wiederholte Katja. Wolf schwieg.

Sie setzten sich wieder in Bewegung, und es fühlte sich an, als säßen sie wie Mäuse in einem Schuhkarton. Erst bewegte sich der Schuhkarton horizontal. Dann neigte er sich, und das Zeug, das bei der Landung umgekippt war, kullerte weiter herum. Dann wieder die Horizontale.

Katja hatte die Schnauze voll.

»Was passiert mit uns?«, schrie sie. »Was machen die? Wo bringen die uns hin?«

»Katja«, versuchte Wolf zu beruhigen. »Das bringt jetzt nichts.«

»Was?«, schrie sie zurück. »Was denn?«

Ein paar Minuten später wieder die körperlose Stimme.

»Frau Karwen, Herr Trebbing. Ich bin Stabsfeldwebel Gerster. Ich muss Sie zunächst einmal um Verzeihung bitten, und um Geduld. Auch für uns ist die Situation neu, und die Nachrichtenlage aus Italien ist dynamisch.«

»Das können Sie sich alles sparen, Herr Stabsfeldwebel!«, bellte Katja. Wolf wollte sie jetzt nicht einmal mehr zurückhalten. »Ich möchte jetzt wissen, was mit uns wird!«

»Ich erklär's Ihnen«, meinte Gerster trocken. »Die italienischen Kolleginnen und Kollegen haben Sie gründlich untersucht, so viel steht fest. Ich habe ja die Protokolle hier. Aber Sie beide sind mehrere Tage lang in einem Seuchengebiet unterwegs gewesen, in dem ein bisher unbekanntes, tödliches Virus aufgetreten ist. Die Regeln schreiben vor ...«

»Was sind das für Regeln?«, schrie Katja dazwischen.

»Die Regeln schreiben vor, dass wir Sie beide als infiziert betrachten. Wir müssen so tun, als hätten Sie die Krankheit, egal, was uns die Italiener erzählen. Wir müssen sicher sein.«

»Ich will nach Hause!«

»Das wird nicht gehen, Frau Karwen. Noch nicht.«

»Ich WILL nach Hause!«

Keine Antwort.

»Herr Gerster«, sagte Wolf leise. »Kurz bevor Sie uns abgeholt haben, hat Fontana uns erzählt, dass bestätigte Fälle außerhalb von Rom aufgetreten sind. Glauben sie nicht, dass die Seuche die Alpen schon längst übersprungen hat?«

Es dauerte eine Weile, bis Gerster antwortete.

»Das ist zwar gut möglich, aber wir wissen es nicht. Von Ihnen beiden wissen wir, wo Sie waren und was Sie getan haben. Und deswegen werden wir Sie für eine Zeit lang isolieren und überwachen müssen. Wir haben keine andere Wahl.«

»Wie lange soll das dauern?«, fragte Katja. Sie klang wie von ihrer eigenen Wut erschöpft.

»Das kann ich Ihnen nicht sagen. Rechnen Sie mit mindestens zwei Wochen.«

»Ich hab die Schnauze voll«, sagte Katja, und begann, ihren Anzug auszuziehen.

»Ach ja«, meinte Gerster, »hab ich vergessen. Die Anzüge können Sie jetzt ausziehen.«

»Vergessen«, maulte Katja. »Das kommt ja hier wohl öfter vor mit dem Vergessen. Wollen Sie uns auch vergessen?«

Das trockene Lachen Gersters überraschte Wolf und auch Katja, die den Kopf hob.

»Einer hat Sie schon mal nicht vergessen. Der Capitano Fontana. Keine Ahnung, wie er's rausgekriegt hat, aber jetzt weiß die Presse, dass Sie hier in Wunstorf sind. Die deutsche und die internationale. Und wir können bald unsere Telefone abhängen. Aber egal. Wie viele Interviews pro Tag möchten Sie denn geben? Drei, zehn, hundert? Wen soll ich zuerst zu Ihnen durchlassen? Die New York Times, die FAZ, oder doch lieber die BILD? Die Krone hätten wir auch, falls Ihnen die österreichische Variante mehr liegt.«

Ohne groß nachzudenken, sagte Wolf: »Drei. Interviews pro Tag. Und ohne Honorar läuft gar nichts. Können Sie denen schon mal sagen. Keine BILD, keine Krone, kein Blödsinn.« Er sah Katja fragend an, und sie nickte müde. »Und jetzt wär es ganz nett, wenn Sie uns eine Weile nicht belauschen würden. Wir haben was zu bereden.«

»Geht in Ordnung«, meinte Gerster.

Dann saßen sie da, auf den klinischen Plastikstühlen, in ihrem neuen, neonhellen, medizinischen Gefängnis. Sie hielten sich an den Händen, streichelten und umarmten sich, und dabei mussten sie weinen, weil alles so anstrengend gewesen war und weil das eine Zeit lang noch so bleiben würde. Aber sie redeten nicht, weil es in Wirklichkeit nichts zu bereden gab. Sie würden hier sein, so lange es die Experten für nötig hielten. Sie würden der Presse immer wieder die gleiche Geschichte erzählen, die sich in ihren Ohren mehr und mehr wie eine Erfindung anhören würde. Auf den Stühlen würden sie sitzen, in zweien der Betten würden sie schlafen, sie würden von Experten in Marsmenschenanzügen untersucht und befragt werden. Vor allem würden sie warten, auf ihre Entlassung in ein Land, das noch nicht ahnte, was auf es zu kam.

Mariana Enríquez

Als wir mit den Toten sprachen

Aus dem Spanischen von Simone Reinhard
Broschur 170 Seiten
ISBN 978-3-89930-394-0

Fantastische Kurzgeschichten sowie eine Novelle der argentinischen Autorin, die 2021 auf der Shortlist des International Booker steht. Es sind moderne, mit Elementen der klassischen Gothic Novel durchwirkte Gruselgeschichten. Sie spielen im Hier und Jetzt, verweisen auf die argentinische Realität:

Die Helden leben in einfachen Verhältnissen, am Rande der Megalopolis. Dabei bilden diese realen Bezüge den idealen Nährboden für das Grauen, welches Mariana Enriquez schnörkellos beiläufig entfaltet. Einfache, alltägliche Dinge verlieren ihre routinierte Selbstverständlichkeit, die realen Hinter- und Untergründe geraten plötzlich ins Wanken und die Wahrnehmung der Protagonisten (und der Leser) verschiebt sich. Die Grenzen zwischen realem und surrealem Horror verschwimmen, bis der Alltag im Widerschein des Übersinnlichen böse erglänzt und das Harmlose einen teuflischen Touch erhält.

Klaus Richter

Einen Schritt daneben

Seltsame Geschichten aus dem Leben
eines alternden Einzelkindes

Hardcover 248 Seiten
ISBN 978-3-89930-231-8

»Klaus Richter hat ein wunderbares Buch geschrieben, voller überraschender Einsichten in ein facettenreiches Leben. Er denkt auch nach darüber, wie er es aus einer Säuferkneipenkindheit zum erfolgreichen Schriftsteller bringen konnte. Er tut dies voller Humor, voll lebensnaher Anekdoten durch die Jahrzehnte. Vor allem in seiner Münchner Zeit während der Studentenunruhen versammeln sich makabre, zum Teil groteske, schwarzhumorige Geschichten, die aber immer voller Liebe zu den Protagonisten geschildert sind.

Für mich ein bißchen wie der *Big Lebowski* ein Lehrbeispiel dafür, wie man nicht nur durch Karrierismus und Ehrgeiz weiterkommt, sondern manchmal gerade durch das Gegenteil, durch eine gewisse Lässigkeit, durch Hedonismus und ein geschärftes, kritisches Bewusstsein.« *Oskar Roehler*

Klaus Richter, geboren 1943 in Hamburg, war Autor, Lektor und Journalist. Er schrieb zu zahlreichen Kino- und Fernsehfilmen das Drehbuch; u.a. zu ›Comedian Harmonists‹, ›Jud Süß: Film ohne Gewissen‹ und ›Der Trafikant‹.

Andreas Haldimann

Florida hinterm Bahnhof

Vier Noir Erzählungen

Hardcover 202 Seiten
ISBN 978-3-89930-384-1

Hinter dem Bahnhof in dem heruntergekommenen Hotel Florida begegnen sich Leute, deren ganzes Denken und Tun von dem Gedanken dominiert wird, wie sie diesem elenden Ort endlich entrinnen können. Geblendet vom scheinbaren Glanz auf der anderen Seite des Bahnhofs, träumen sie vom großen Geld und einem besseren Leben. Dabei ist ihr Traum längst zur fixen Idee geworden. Egal wie sehr sie sich anstrengen und abstrampeln, egal welche Risiken sie bereit sind einzugehen, ihr Scheitern scheint vorgezeichnet und unausweichlich.

»Der Roman zieht dabei alle Register eines spannenden Krimis: ein Gangsterboss, dem man einen Geldkoffer klaut, mehrere mögliche Täter, ein durchgeknallter Killer, eine attraktive Bardame, die mal ein Mann war ... und am Ende mehrere Tote.« *Ronald Schneider*

Cornelia Manikowsky

Die Mutter im Sessel im Krieg

Broschur 80 Seiten
ISBN 978-3-89930-356-8

Ein Haus voller Geschichten. Zwischen den Möbeln und all den angesammelten Dingen ihrer Mutter wartet eine Frau auf den Entrümpelungsdienst und gerät in einen Strom von Erinnerungen. Immer schwieriger wird es, ihre eigenen Erfahrungen von den so oft gehörten Geschichten der Mutter zu unterscheiden. Und von dem Eigenleben, das diese Geschichten - und ihre Aussparungen - in ihr entwickeln. Cornelia Manikowskys Erzählung erkundet ein zugleich naheliegendes und tabuisiertes Terrain: das tägliche Leben der 'ganz normalen Deutschen' im Nationalsozialismus - ein terrain, das mit seinen Zerstörungen viel weiter in die Gegenwart reicht, als uns bewusst ist.

»Ihre simpel scheinenden Sätze entfalten mit zunehmender Lesedauer einen feinen Sog, der unerbittlich bis zum Ende zieht. Und darüber hinaus.« *Roman Schürmann*

Cornelia Manikowsky, geboren 1961, lebt in Hamburg. Sie ist Autorin von Kurzprosa, Erzählungen, Kinderbüchern und Essays. Sie wurde mehrfach mit Preisen und Aufenthaltsstipendien ausgezeichnet.

SCH
LR&
MCK